幽鬼之塔

〔日〕江户川乱步　著

叶荣鼎　译

山东画报出版社

图书在版编目（CIP）数据

幽鬼之塔 /（日）江户川乱步著；叶荣鼎译. --济南：山东画报出版社，2022.3

（江户川乱步全集·明智小五郎系列）

ISBN 978-7-5474-3956-2

Ⅰ.①幽… Ⅱ.①江… ②叶… Ⅲ.①儿童小说 - 侦探小说 - 日本 - 现代 Ⅳ.①I313.84

中国版本图书馆CIP数据核字（2021）第134776号

YOUGUI ZHI TA

幽鬼之塔

〔日〕江户川乱步 著 叶荣鼎 译

责任编辑 姜 辉
封面设计 光合时代

出 版 人 李文波
主管单位 山东出版传媒股份有限公司
出版发行 山东画报出版社
     社 址 济南市市中区舜耕路517号 邮编 250003
     电 话 总编室（0531）82098472
          市场部（0531）82098479 82098476（传真）
     网 址 http://www.hbcbs.com.cn
     电子信箱 hbcb@sdpress.com.cn
印 刷 山东新华印务有限公司
规 格 787毫米×1092毫米 1/32
     8印张 113千字
版 次 2022年3月第1版
印 次 2022年3月第1次印刷
书 号 ISBN 978-7-5474-3956-2
定 价 40.00元

如有印装质量问题，请与出版社总编室联系更换。

译者序

　　红极一时的日本动漫《名侦探柯南》的作者漫画家青山刚昌，孩提时代曾是江户川乱步的超级追星族，他笔下的主人公江户川柯南的姓就取自日本推理文学鼻祖江户川乱步，名则取自英国的柯南·道尔。

　　日本作家历来都有用笔名的传统，江户川乱步本名平井太郎，早年就读于早稻田大学经济学专业，江户川就在早稻田大学旁边。巧合的是，"江户川"的日式英语发音"edogawa（爱多嘎娃）"，与"Edgar a-（埃德加·爱）"的发音极其相似；

"乱步"的日式英语发音"ranpo（兰波）"，与"llan Poe（伦·坡）"的发音又十分相近，故而决定以"江户川乱步"为笔名。从此，这个名字陪他度过了四十年推理文学创作生涯，也成为日本推理文学史上不可逾越的高峰。

1923年，乱步在《新青年》杂志上发表处女作《两分铜币》，引发轰动。当时的编者按这样写道："我们经常这样说，《新青年》杂志上总有一天将刊登本国作者创作的侦探小说，并且远远高于欧美侦探小说的创作水平。今天，我们终于盼来了这一兴奋时刻。《两分铜币》果然不负众望，博采外国作品之长，水平遥遥领先于外国名作。我们深信，广大读者看了这篇小说后一定会深以为然，拍案叫绝。作者是谁？是首位登上日本侦探文坛的江户川乱步。"

1925年，乱步发表小说《D坂杀人事件》，成功塑造了日本推理文学史上的第一位名侦探——明智小五郎。其后，他又陆续创作了《怪盗二十面相》《少年侦探团》等脍炙人口的作品，其中的"怪盗二十面相""少年侦探团"等角色已经突破了类型文学的束缚，成为世界文学史上的典型形象，先后多次被搬上各种舞台，改编成各种各样的影视、动漫作品。

第二次世界大战爆发后，江户川乱步因作品被禁止出版，投笔抗议，公开发表《作者的话》："我撰写的小说主要是把侦探、推理、探险、幻想和魔术结合在一起，让读者富有想象力和创造力。人类必须怀有伟大的梦想，经过不断的努力，才会创造出伟大的时代。没有梦想，没有幻想，就没有科学。历史已经证明，科学的进步多取决于天才的幻想和不懈努力。科学进步了，人民才会过上好日子。可是今天的战争，毁掉了科学，毁掉了人民的梦想，日本人民将会被一个不剩地当作炮灰，却还是避免不了失败的结局。"

1947年，日本侦探作家俱乐部成立，乱步被推举为主席。俱乐部在1963年改组为日本推理作家协会，至今仍是日本最权威的推理作家机构。1954年，乱步在六十大寿之际，个人出资100万日元，设立"江户川乱步奖"，用以激励年轻作家。在之后的半个多世纪里，以东野圭吾为代表的一大批优秀的日本推理文学作家通过这个奖项脱颖而出，他们的成绩也使得"江户川乱步奖"成为日本推理文坛最权威的大奖。

1961年，为表彰乱步在推理文学界的杰出贡献，日本政府为其颁发"紫绶褒勋章"（授予学术、艺术、运动领域中贡献卓著的人）。1965年，乱步突发脑出血去世，获赠正五位勋三等瑞宝章。为纪念乱步，名张市建有"江户川乱步纪念碑"与"江户川乱步纪念馆"，丰岛区设有"江户川乱步文学馆"，供日本与世界的爱好者与学者瞻仰和研究。

《江户川乱步全集》作为乱步作品之集大成者，先后出版了多个版本，加印数十次，总印数超过一亿册，迄今已有英、法、德、俄、中五大语种版本问世。衷心希望诸位读者能够通过这一版的中文译本，回望日本推理文学的滥觞，领略一代文学大家的风采。

是为序。

2021年元旦于上海虹桥东华美寓所

目　录

青年侦探 / 001

紧跟不舍 / 007

垂头丧气 / 014

火烧纸币 / 022

塔顶风铃 / 029

化验污垢 / 035

陌生姑娘 / 043

争夺匕首 / 050

窗外怪影 / 059

墨镜男子 / 069

好友来信 / 074

失声痛哭 / 080

夜行列车 / 093

麻痹大意 / 104

幽灵侦探 / 114

面面相觑 / 119

魂飞魄散 / 124

进退两难 / 133

身陷囹圄 / 144

秘密会议 / 153

找共同点 / 165

秘密结社 / 173

白蛇仓库 / 182

空气晃动 / 188

生死对决 / 196

崇敬女神 / 204

兑现预言 / 209

噩梦解脱 / 215

江户川乱步年谱 / 225
译后记 / 239

青年侦探

一个微暖的春夜。

在东京市中心，有一个男子大步流星地走着。他身穿黑色西服，头戴黑色鸭舌帽，全身上下清一色的黑色装束，酷似擅长隐身的魔术师。

男子时而低头看几眼脚边昏暗的河流，时而抬头望几眼旁边鳞次栉比的住宅。他慢悠悠地走着，似乎在欣赏这迷人的夜景。

片刻后，前面河上的大桥映入男子的眼帘。夜空中微微泛白的弧形钢铁桥梁，显得格外壮观美丽。

这是一座架在隅田川上的U形桥。

男子朝大桥看了一眼，突然脚步更快了。

不一会儿，他走到大桥的桥头，径直朝支撑大桥的桁架那里走去。

不知不觉中，时间快到深夜十二点了。白天车水马龙的桥上，此刻变得静悄悄的，看不到一个行人。偶尔亮起的夜间车灯，眨眼间随着迅速远去的引擎声消失得无影无踪。

男子的手搭在桁架的一根钢铁支架上，好像稍稍沉思了一会儿。片刻后，只见他快速地移动视线左右张望，当看清楚人行道上没有行人时，突然沿桁架朝上攀登。黑色装束的男子离开地面后，与黑夜笼罩的桁架似乎形成了一个整体。

他趴在冰冷的钢铁桁架上，全身一动不动的。

两岸闪烁的霓虹灯此刻已进入休息状态，岸边住宅群里的居民们也早已进入梦乡。与白天熙熙攘攘的繁华情景相比，这儿简直成了一个完全陌生的世界，冷清、凄凉、寂寞。

且说趴在钢铁桁架上的男子到底是什么人？他

想干什么？

他便是后来声名显赫、威震天下、令罪犯丧胆的大侦探明智小五郎。

眼下，他还是个刚走出大学校门的热血青年。

他毕业成绩优异，按理可以轻松加盟大企业。可他觉得经济上还比较宽裕，打算暂时潜心于犯罪心理学的研究。

明智小五郎身体紧贴着桁架，环视着周围。

两个小时过去了，三个小时过去了……隐藏在黑暗中的他耐心地等待着，继续瞪大眼睛观察偶尔经过桁架下面的行人。

U形桥的桁架下时常聚集一些犯罪分子，每天晚上至少两次。这对于研究犯罪心理学的明智小五郎来说，是最重要的素材之一。

有些罪犯作案一结束便赶来这里，开碰头会商量如何分赃。有些罪犯会在这里制定作案计划。虽说这都是些普通犯罪，可有时候大桥下会伫立着一些出人意料的奇怪的罪犯。

总之，这里是青年侦探明智小五郎最理想的观察场所。

这天夜晚，天空被里三层外三层的乌云包裹着，黑得伸手不见五指；微暖的空气似乎停止了流动，压抑得让人感到窒息、害怕。

也许，像这样的夜晚会出现惊人的素材吧。

咦，对面不正走来一个可疑的家伙吗？看他的样子，可能有什么不可告人的目的。

明智小五郎悄悄地从桁架上探出半个脸来，全神贯注地观察着人行道。突然间，他的眼睛亮了起来。

从对面，也就是从西侧桥墩那里走来一个人，神色非常慌张，脚步急匆匆的。瞧那模样，好像没有什么明确目标，似乎是为了甩开身后的"追兵"。

随着距离越来越近，可疑男子的长相开始清晰起来。

头上的礼帽失去了原有的形状，跟身上的西装一样皱皱巴巴的，西装里面，好像就一件内衣，没穿衬衫，没戴领带。瘦高个，看上去约四十岁。

可疑男子像失业者，右手提着一只黑色皮箱。

看他的神情，似乎手提皮箱里装有贵重物品。

难道是返回桥前面的小旅馆？可那副失魂落魄的样子，不像是去旅馆的人。

明智小五郎暗自嘀咕着。

他的视线紧盯着这个可疑男子。渐渐地，可疑男子与明智小五郎之间的距离越来越短。只见他走到明智小五郎隐藏的大桥桁架下的时候，突然站住不走了。

可疑男子好像要干什么，眼睛贼溜溜地朝周围张望。

果然不出所料，他肯定心怀鬼胎。

明智小五郎屏住呼吸注视着可疑男子的一举一动。

可疑男子确认周围没有行人后，打开手提皮箱取出纸包后，把空皮箱朝大桥下边的河里扔去。

他扔完皮箱后又朝四周打量了一眼，确认自己刚才的举动没有被人发现时，又把从皮箱里取出的纸包牢牢地夹在腋下急匆匆地走了。

像穿着如此寒碜的男子，通常就是皮箱再陈旧也不会那么大方地扔入河里，而且扔的时候非常果断，丝毫没有半点犹豫。真不可思议！这家伙来这里前肯定盗窃了什么东西，很有可能是为了销毁罪证而特地跑来这里扔皮箱的。

对于可疑男子的奇怪举止，明智小五郎不光持有这样的怀疑，还隐约觉得藏有更险恶的犯罪企图。

莫非，这家伙是超级罪犯？

明智小五郎被这样的直觉驱使着，于是他爬下钢铁大桥的桁架，玩起了最拿手的跟踪技术，悄悄尾随上去。

紧跟不舍

可疑男子沿着深夜的道路走得很快，但在每转一个弯时总要打量一下周围，随后选择有灯光的方向行走。

难道是寻找卖烟的小店？

明智小五郎歪着头思考着。如果是罪犯，通常会选择黑暗的小路转弯，可这家伙是朝有光线的方向转弯，实在让人难以捉摸。

可疑男子与明智小五郎的推断相反，经过一家烟店门前时没有转过脸观察身后。

又走了一会儿，可疑男子来到一条显得较为拥挤和杂乱的商业街上。有两三家夜间服务的商店还亮着灯光，等待客人的光临。

男子来到其中一家商店门前停下了脚步。这是一家专门出售皮制品的商店，沿街的橱窗里排列着许多皮包。他似乎松了一口气，琢磨了一会儿，冷不防地朝店里走去。

明智小五郎赶紧上前，走到店门口佯装看橱窗的模样，用余光注视着可疑男子的一举一动。

可疑男子让店主从柜台里取出一只黑色旅行手提包，之后不停地检查包上面的锁。

明智小五郎借助店内的灯光端详起可疑男子的脸来，消瘦，憔悴，肤色略黑，两边颧骨朝外凸出，脸上长满了胡子。在五官中间，唯独那对大眼睛格外有神。

"这锁结实吗！不会用不了几天就坏了吧？"

男子摆弄着包上的锁，直截了当地问店主。

"请顾客放心！这是新型包锁，有产品质量保证书！"

"有质量保证书就好。上回买的那只皮包，还没用上三天锁就坏了。"

分析可疑男子问店主的这些话，让人觉得多少有点头脑，但和他的外表却不相称。

最终，可疑男子买下那只手提旅行包，把刚才夹在腋下的纸包放入皮包后就拉上了锁，接着从口袋里取出大钱包，把打开包锁的钥匙放在里面，再从钱包里取出两张一千日元的纸币递给了店主。

明智小五郎站在橱窗前，但眼睛始终注视着可疑男子的举动。刚才，那只钱包里的情况全都收入了他的眼帘。

可疑男子的注意力完全在店主身上，根本没有察觉明智小五郎在跟踪自己。店堂里的灯光很亮，可疑男子取纸币时，钱包里的所有东西被明智小五郎看得一清二楚。

令明智小五郎吃惊的是，这只看上去极其普通的大钱包鼓鼓囊囊的，一千日元的纸币有厚厚一叠。

可能有一百多张，如果有一百多张，加起来应该有十万日元。这个外表看上去脏得像失业工人的男子居然有那么多钱，让人难以想象。难道是偷盗来的？

好，我也去买一只相同的黑色手提旅行包。

明智小五郎的脑子里突然闪出这么一个念头。

等到男子走出这家店后，明智小五郎赶紧朝店里走去，催促店主出售与可疑男子相同的旅行皮包，弄得店主瞠目结舌。

明智小五郎像扔球似的把钱付给店主后，拿起手提旅行包就快速地走出这家商店，朝两侧眺望，寻找可疑男子的踪影。

深夜的大街上没有一个行人，一眼可以望到街的尽头，很快发现了正在行走的那个可疑男子。

可疑男子宛如夜游病人似的摇摇晃晃地走着，看似忧心忡忡的样子。

这男子到底有什么烦恼？

苍白的脸色，布满血丝的眼睛。如果是一般小偷，兜里揣着十万日元不可能会是这个样子。

他惊慌失措的背后肯定隐藏着什么！无疑，他是超级罪犯。眼下，那人的模样像精神错乱者。

明智小五郎如同发现了猎物的猎犬一般，心跳变得剧烈起来。

可疑男子买了那只手提旅行皮包后，脚步却乱了起来，犹如无家可归的流浪者，漫无目的地行走着。

他在几条同样的路上徘徊了二十多分钟，最终来到一家门口挂有"吉野旅馆"招牌的小旅馆。他走到跟前稍稍迟疑了一下，随后敲响了旅馆的玄关玻璃门。

他好像是初次来这里投宿，站在玄关内侧的服务窗口前填写旅客登记簿，接着支付住宿费，随后慢慢地脱下鞋子，在女服务员的带领下朝房间走去。

钱包里分明有十万日元，却住这么简易的小旅馆，到底为什么？这更加深了明智小五郎对该男子的怀疑。

明智小五郎见可疑男子消失在旅馆里，也迈步朝这家旅馆走去。在填写旅客登记簿的时候，记住了前面登记栏里的填写内容：家庭住址，名古屋市中区古渡町二路5号；姓名，龟井正信。可疑男子写得一手好字。

可疑男子姓龟井。

反正是小旅馆，填写编造的地址和姓名没关系，干脆随便填写吧！

明智小五郎在旅客登记簿上胡乱地写上假家庭住址和假姓名，支付了住宿费后来到走廊上，由刚才那个女服务员带着去房间。片刻后，他迅速地从口袋里掏出两张一千日元的纸币塞给女服务员，要求住在龟井正信隔壁的房间。

好在龟井正信隔壁的房间凑巧无人居住。

女服务员走后，明智小五郎环视了一下整个房间，面积不到十平方米，没有壁龛，与隔壁房间仅隔着一层表面贴有墙纸的板壁。

龟井正信居住的房间，室内结构和摆设跟明智小五郎住的差不多。

仔细看，房间结构还真不错，薄薄的板壁和柱子之间有很大的空隙。

明智小五郎立即把眼睛凑在间隙上朝隔壁窥视，从这个视角可以看清楚隔壁房间里的三分之一。龟井正信没有脱去西服，而是盘腿坐在被褥上，眼睛看着前面好像在思考什么。那只新买的黑色旅行手提皮包，被小心翼翼地放在膝盖旁边。

从表情上看，他似乎根本没察觉到跟踪自己的人就住在隔壁房间里。他没有躺下睡觉的迹象，一个劲地改变盘腿姿势，双手插入头发里抱着脑袋。

明智小五郎没有改变姿势，尽管眼睛凑在间隙上的姿势十分难受，但他仍然全神贯注地看着，打算窥视到次日拂晓。

垂头丧气

大约过了三十分钟后，龟井正信忽然改变坐姿站起身来。

"大概是去厕所吧?

龟井正信从明智小五郎的视线里消失了，接着传来房门被移开的声音，紧接着走廊上传来渐渐远去的拖鞋声。

俗话说，机不可失，时不再来!

明智小五郎暗自叫好，提着买来的那只手提旅行包，踮起脚尖注视着周围，大步地朝隔壁房间走去。

一走进去便看见那只相同的皮包放在被褥上。不管怎么说，可疑男子去厕所不可能提着旅行包去。

明智小五郎快速地把那只装有纸包的旅行包与自己带去的旅行包调换后，赶紧返回自己的房间并关上移门，再用自己的钥匙打开包锁，取出那只可疑的纸包。

明智小五郎把纸包放在手上，感觉软绵绵、沉甸甸的。他轻轻地打开纸包，尽量不发出任何响声。也许纸包里的东西十分贵重，纸裹了一层又一层。

不一会儿，一层层的纸被解开了，出现在眼前的是一个布包。包裹的布呈淡茶色，很脏，散发着一股直冲鼻孔的霉味。于是，明智小五郎更小心翼翼了。不一会儿，从布包里滚出两样东西来。

这是一只直径约十厘米的木制葫芦，用于起吊的麻绳脏兮兮的。如今的市面上都是葫芦，木制葫芦早已从市场上销声匿迹了。无疑，这只木制葫芦有很长的历史了。

再说那块包裹葫芦的淡茶色布，原本是油画家作画时穿的工作服，也很陈旧，上面不仅沾满了油画颜料，还到处都是大大小小的洞。

木制葫芦、麻绳以及被油画颜料弄脏的工作服，像是一个奇妙的组合。

明智小五郎子调包成功后显得异常兴奋，以为能从纸包里发现很有价值的线索，当见到滚在草席上的竟是陈旧的木制葫芦等时，感到万分沮丧。

像这些不值得一提的东西，可疑男子为什么视它如珍宝呢？

他把这三件东西排列在眼前的草席上，歪着脑袋边琢磨边思索。即便扔掉其中的哪一样，或者全部扔入河里也没有什么可惜的。

难道这家伙的神经不正常？或许我自己的神经也不正常？

但转而一想，可疑男子与皮制品商店店主的那番对话和在旅客登记簿上的字迹，应该说他完全是一个正常人。

这三件东西，对别人来说可能不屑一顾，但对可疑男子来说，可能比什么都重要。看来，其中一定有特殊原因。

就在明智小五郎苦苦思索百思不得其解的时候，隔壁房间的龟井正信从厕所回到了自己的房间，传来轻轻的咳嗽声。

眼下，这三件东西组合的谜团一时三刻也难以解开。与其苦思冥想，倒不如通过可疑男子的举止寻找答案。这才是捷径。

明智小五郎想到这里，悄悄地把这些东西恢复到原来的包裹形状，塞入手提旅行包后又把眼睛凑到板壁的间隙观察。

这时，龟井正信已脱下西服换上旅馆不太干净的专用睡衣。

穿上睡衣后，由于旅馆没有配给系带，只得系上满是折皱的皮带。接着，他又盘腿坐到被子上，嘴里嘟嘟哝哝地念了好一会儿。突然，他不知何故着急地皱起眉头来，从刚才脱下的西服口袋里取出钱包，再从钱包里取出那把开启手提旅行包锁的钥匙。

明智小五郎目不转睛地注视着。

龟井正信把边上的手提旅行包挪到跟前，把钥匙插入皮包上的锁孔。

也许，他睡觉前不看一下包里的东西可能睡不着。

咔嚓一声锁开了，龟井正信苍白的脸与包底打了一个照面。

不用说，包里是空的。

猛然间，他的上半身像弹簧似的跳了起来，伸出双手慌张地在包里乱摸，可还是空空荡荡的，什么也没有。

他再次直起上半身，双手撑在背后的被子上，仔细地扫视四周。

此时此刻，男子的脸与明智小五郎窥视的间隙正面相对，表情极度恐慌，五官悲伤得扭成了一团。他的脸，早已由苍白色变成了土色。

片刻后，他摇摇晃晃地站起来在房间里踱起了方步，不停地转着圈子。最后，他蹲在地上，翻开铺在草席上的垫被仔细寻找着。

手提旅行包是上了锁的，包里的东西不可能掉在房间里，假设被人盗走，包上的锁应该是开的，因为那把钥匙一直放在随身携带的钱包里……

龟井正信像摸不着头脑的丈二和尚不知如何是好。

突然，他蠕动上下嘴唇嘀咕起来：

"哦，也许是那么回事？"

他颤抖着双手脱去睡衣，重新穿上西服，似乎打算外出寻找，压根儿不知道"盗贼"就在自己隔壁的房间里。

龟井正信心慌意乱的表情，着实让明智小五郎吓了一跳，觉得太委屈对方了，险些大声喊叫"包在我这里"，但瞬间又闭上了嘴，比起同情，好奇心更占上风。

龟井正信如果外出，我都跟着他，不管他去哪里，一定要弄清这家伙的真实身份。

明智小五郎暗自决定着。

龟井正信对店主说出去一下就来，便慌慌张张地走了。明智小五郎也立即出门，悄悄地尾随上去。

已经深夜一点多了，机动车不能通行的小路上非常寂静。

跟踪并不困难，男子根本无暇顾及背后的情况。他奔跑在深夜的街道上，不一会儿就来到了那家皮制品商店，敲打着已经打烊的商店玻璃门。

"开一下门！我有急事，快开门！"

男子歇斯底里地吼叫。片刻后，传来开门声，走出一个女人。

"我是刚才上贵店买手提旅行包的，不慎把东西忘在你们店里，是用报纸包的，你们是不是代我保管了？"

男子一看见女人探出脸来，赶紧问道。

女人被这气势汹汹的模样吓得目瞪口呆，这时，店堂内传来男主人叫嚷的声音：

"噢，您是刚才光顾本店的客人吧？如果说那报纸包的东西，我明明看见你放在新买的皮包里然后离开本店的！我绝对不会看错的。"

"可我回去打开皮包后，里面什么也没有，是否能让我在贵店里找一下？"

龟井正信也不等店主应允，猛地闯入店堂打开电灯开关低着头寻找起来。

身穿睡衣的店主和妻子也帮着一起寻找，不停地挪动商品。不用说，商店里不可能有那个纸包。

龟井正信绝望了，醉汉似的走出商店，步履蹒跚地在街上乱走起来。

原以为他会返回旅馆，不料却朝相反方向的A桥走去。一路上，东倒西歪地走着。

龟井正信的举止，让明智小五郎不可理解。通常，遇上这样的情况应该立刻赶回旅馆，请店主在各旅客房间里寻找，或者选择报警也可以。

可他既没返回旅馆也不报警，那表情似乎害怕再回到旅馆。

不知不觉地，龟井正信经过了A桥。

这家伙打算去哪里？

明智小五郎当然不会停止跟踪，就是通宵达旦也不改变跟踪的决心。

火烧纸币

一走过 A 桥，龟井正信的走路姿势更怪了，像喝得酩酊大醉的醉汉。他转弯经过 U 町，穿过二天门，朝浅草公园里走去。

公园里的五重塔，犹如乌黑的秃头怪物高高地耸立在夜空里。

龟井正信好像猛然想起了什么，一走到五重塔跟前，便像欣赏珍宝那样抬头仰望五重塔的顶部，接着绕塔边转圈边观察。那模样活像个疯子。

明智小五郎感到莫名其妙，满脸困惑，不断地琢磨着龟井正信与五重塔之间的关系。这时从前面传来皮鞋声，是在五重塔一带夜间巡逻的警察。

龟井正信察觉到了警察，便赶紧踮起脚尖朝公园深处走去。瞧他那害怕警察的神情，似乎更像精神病患者。

他走到距离五重塔很远的地方时，恋恋不舍地转过脸来眺望五重塔。巡查警察似乎还没离开那里，黑暗中不时传来皮鞋与地面摩擦的响声。

不一会儿，龟井正信不再留恋五重塔，改变方向走出公园，穿过电影院街朝上野公园的方向走去。

他穿过K桥的轻轨电车道继续朝前走，一会儿后，他发现路边的道路上亮着红色信号灯，好像是修路公司忘了切断电源。

龟井正信猛地停住脚步。

被填平的地面上竖有好几根高度一米的木桩。木桩与木桩之间，连接着旧麻绳。

龟井正信的目光似乎被旧麻绳吸引住了，朝那里紧盯了好一会儿，接着快速地扫视了一下四周，闪电般地跑到木桩跟前，蹲在地上解麻绳。

他解开一个个拴在木桩上的绳结，把长度约八米的麻绳绕在手臂上，再把它捏成一团塞入袋子里面，又若无其事地迈开了脚步。

龟井正信偷盗麻绳究竟派什么用处？再说旧麻绳值不了几个钱，何况他的钱包里有十万日元，等到天亮后去买不就得了。可这家伙偏偏……

明智小五郎又歪着脑袋思忖起来，越发觉得龟井正信可疑。

明智小五郎仔细一想，这家伙的手提旅行皮包里的纸包内不是有麻绳吗？他在这里又解下麻绳带走，好像他那灵魂被麻绳缠住似的，一看见麻绳就急着据为己有。看来，这家伙一定是精神病患者。

也许，龟井正信此行有目的地。他笔直地朝着西边走，穿过K町的轻轨电车道，再经过旱桥下边，不远处便是上野公园。

这家伙果然来到上野公园！莫非打算在公园里过夜？

可龟井正信的行动又与明智小五郎的猜测截

然相反，在公园里继续朝西侧行走，一直走进东照宫内。

东照宫大门的两侧，竖立着形象恐怖的石灯笼。穿过石灯笼之间，眼前便是五重塔。

抑或他是为了欣赏五重塔而特地步行来到上野公园的吧。

龟井正信全神贯注地凝视着五重塔，许久没有挪动脚步。终于他开始绕着五重塔转圈，可视线却始终不离开五重塔的顶部。

他的动作，与在浅草公园里仰望五重塔顶部时的动作相同。

龟井正信如此酷爱五重塔，是明智小五郎始料未及的。

可不管怎么喜欢，非得三更半夜走那么远的路来这里吗？我的怀疑不会有错，他的嗜好背后肯定隐藏着什么。

明智小五郎心里这样琢磨着。

龟井正信在五重塔周围徘徊了三十分钟左右，可目光始终盯着塔顶。也许有些疲劳了，他停下来两手掩面哭了起来。

低沉的抽泣声，在黑暗里轻轻地继续着。渐渐地，哭声由轻到响，终于松开双手大哭起来。

龟井正信为何如此烦恼？莫非其内心深处真有不可告人的秘密……

明智小五郎注视着在黑夜中痛哭的龟井正信，他惊呆了。

龟井正信哭了大约二十分钟后，哭声终于停止了。他站起身来一边注视着地面一边转圈，好像在寻找什么东西。

咦，他怎么又在找东西？

明智小五郎仔细观察着，只见龟井正信在收集掉落在地上的树枝和纸。

不一会儿，他将这些废弃物集中在五重塔跟前的空地上，从口袋里掏出火柴点燃这些枯树枝。

枯树枝燃烧了，不时窜出火苗，像恶魔的长舌一样在黑暗里跳跃。

龟井正信蹲在篝火前，全神贯注地注视着火苗。

明智小五郎看着龟井正信那张被火光照亮的

脸，吓得哆嗦起来。那张骷髅般的脸被火光映照得红彤彤的，两只窟窿般的大眼睛里闪射着异样的目光。与其说是人，倒不如说像是来自地狱的恶魔。

龟井正信蹲在地上，脸朝着火焰呆呆地注视了好一会儿。渐渐地，他脸上僵硬的表情消失了，取而代之的是笑脸，而且是捧腹大笑，仿佛想起了一生中最值得可笑的事情。

我也许是在梦里见到这个家伙吧？

明智小五郎被眼前突然转变的情景吓蒙了，不由得自言自语。

眨眼间，明智小五郎的眼睛瞪得更大了。

龟井正信正面朝着明智小五郎隐藏的地方站起身来，从口袋里掏出钱包，从钱包里取出厚厚一叠一千日元的纸币，一张一张地朝火里扔。

五张……十张……二十张……

一张张蓝色的纸币，在火光地映照下美丽无比，像一片片可爱的树叶在火堆里飞舞。

纸币不一会儿被烧成灰烬，变成粉末在黑夜

里飞舞。

不时闪烁的火光里，纠缠在一起的火苗跳起了狂欢舞。龟井正信被火光映照的通红的脸上，似乎堆满了歇斯底里的笑容。

他发疯似的狂笑，不停地狂笑……

塔顶风铃

　　明智小五郎隐藏在大树背后，屏住呼吸紧盯着眼前奇怪的一幕。

　　这家伙也许会制造假币，如果不是假币，他不可能那么大方地将钱扔入火堆里。

　　龟井正信见纸币完全化作灰烬后，用脚踩灭尚未熄灭的余火，抬起头再次仰望五重塔，浑身一动不动地注视着，似乎觉得没什么可以牵挂的了。

　　现在抓他是最好的时机！

　　明智小五郎暗自叫道。

　　还是再等一等吧！这家伙犯了什么罪？是因

为把旧皮箱扔入河里？是因为偷盗了麻绳？是因为烧毁了假币？可这些还都不能构成逮捕他的犯罪行为。

明智小五郎犹豫了。

看来，还是再观察一段时间再决定是否抓他吧！一定要掌握他不可抵赖的犯罪证据后才能抓他。眼下只能悄悄地跟踪他。如果他有同伙，应该弄清楚他们的秘密地点在哪里。如果是制造假币，那就必须找到称得上证据的印钞机器和地下工场。

明智小五郎想到这里，便极力控制自己的情绪，继续注视龟井正信的举止。

他终于行动了，可又与明智小五郎的推断相反，径直朝五重塔走去，一眨眼的工夫，他已经越过围栏，爬上塔廊，站在正门跟前继续仰望。

他站在那里不知干了些什么，不一会儿就推门而入了，门上的锁可能被弄断了。

咦，这家伙也许是为了睡在塔里而特地走远路赶来的。或许打算盗窃塔里的东西？可像这样无人看守的塔里难道会放贵重东西吗？

明智小五郎看着龟井正信消失在正门内侧后，暗自嘀咕。

突然，他从大树背后闪出来悄悄地来到塔前。正门不知什么时候恢复了原来的模样，门里面也没有任何声音。

塔里应该有通向五楼塔顶的楼梯，龟井正信肯定正沿着楼梯朝上走。

明智小五郎一想到这里，猛地心急起来。不知何故，他的眼前竟浮现出朝上盘旋的楼梯和龟井正信正沿着楼梯朝上走的影子。

眼下，他应该上到三楼了。不，可能已经上到五楼了。

明智小五郎的心里边盘算龟井正信已经走到哪一层楼，边慢慢朝后退却仰望着五重塔。要想看清整个塔楼，就必须站在距离五重塔稍远的地方。

凝神仰望，塔顶浮现在微微发白的夜空里。整个塔楼犹如剪影画那样挤成一团，什么也看不见。

可能是心理作怪的缘故，明智小五郎望着望着，似乎觉得五楼的门开了，好像有一个人影在那里晃动。

明智小五郎紧盯着五楼的塔顶，继续不停地缓缓后退，不知不觉地返回到那棵大树背后，双手拉开挡住视线的树枝，两眼紧盯着漂浮在夜空里的塔顶。

尽管天上没一丝风，可悬挂在塔顶的风铃竟然剧烈地摇晃起来。

咦，风铃怎么会那么大？

明智小五郎比较着风铃与塔顶的比例，猛然间他如梦初醒似的全明白了。

塔顶的檐下左右摇摆的，不是风铃，而是人影。

糟了！这家伙打算自尽！

明智小五郎这才恍然大悟，知道了龟井正信为什么要在修路工地上偷盗麻绳。

他撒开双腿发疯似的狂奔起来，一个箭步越过栏杆，跳到正门前面，轻轻地推开大门。

他取出侦探七道具中的手电筒，按下开关后闯入塔内。

塔里的空间，比想象的还要狭窄，连一尊菩萨像也没有。结实的楼梯就在跟前，他沿楼梯三步并作两步地朝上跑。

二楼，三楼，四楼……他一边气喘吁吁，一边爬着陡峭的楼梯。

终于到达塔顶了，四周的墙上有风孔，凉风拂面而来。其中一个风孔边上有一扇大门，与一楼相同。

门外是狭窄的弧形走廊，扶手好像是采用漆树木制作的。明智小五郎绕着门外弧形走廊走了起来，不时地用手电筒照着前方和两侧。

沿弧形走廊转一圈就要结束的时候，手电筒光束里突然出现了两条笔直的腿。肮脏的裤脚下是沾满了泥土的皮鞋，如同钟摆似的在微微晃动。

龟井正信把偷盗来的麻绳系在塔顶的檐下，套在脖子上自尽了。

明智小五郎打算把他放到地上，想了许多办法仍无济于事，自己好几次险些坠落。看来，一个人的力量是无能为力的。

上吊者已经气绝身亡，即便能顺利地将他放到地上也不可能生还。

唉，我为什么没有察觉到他有自杀的意图？如果再稍快些赶到这里，龟井正信也许不至于这样……

想到这里，明智小五郎冲自己发起火来。

他转身大步跑下楼梯，来到附近的公共电话亭拨打了110报警电话。

化验污垢

　　警方接到电话后没过十分钟，一名警察就赶到了现场，紧接着又跑来三名警察，他们登上塔顶后齐心协力，将上吊自尽的男子放下并抬到楼下的空地上。

　　警车的车灯和手电筒照亮了塔前的空地，地上躺着自缢身亡的男尸。

　　尸体旁边就是那堆刚才燃烧的枯树枝和纸币，周围还散乱着没有烧尽的纸币。

　　尸体边上聚集着警察、法医和东照宫的夜间值班员，他们正在大声地说着什么。

明智小五郎隐藏在大树的背后，眺望着空地上的情景，不打算上前公开自己的姓名和自己就是报警人的身份。

　　看情景，该事件是以龟井正信自杀身亡而终结。这个时候再公开皮包里的那三件东西，只会给警方增加麻烦，或者说给自己增添麻烦。

　　眼下倒不如回家，依靠自己对该案的兴趣和侦查能力再进一步琢磨和分析案情。虽说自己初出茅庐没什么侦查经验，但只要坚持深入推理和调查，兴许能查清死者的真正原因。他的死因，只能靠爱好侦查的自己查个水落石出了。

　　拂晓时分，尸体不知被警方运到什么地方去了。

　　明智小五郎见尸体被运走后，便返回了那个简易旅馆，把那只可疑的皮包夹在腋下回家了。

　　他一回到家就倒在床上就睡着了，一觉醒来又想起那三件东西，上午九点钟睁开眼睛后，他走进了化学实验室。

　　这期间，明智小五郎在世田谷区拥有很宽敞的住房，有书房，有化学实验室，有挂衣间等，总之功能比较齐全。

他先把昨晚在塔前的灰堆里捡到的没有烧尽的纸币，放在放大镜下观察，观察的结果是真币。

呵，这样看来，烧的不是假币！可龟井正信就是打算自杀，烧纸币又为了什么？而且烧掉了十万日元。

明智小五郎交叉着双臂，双肘支撑在实验台上，眼睛朝着天花板，陷入了苦苦的沉思……

唉，真不明白他为什么要烧纸币！更奇怪的是，他突然自杀，自杀的方法竟然是上吊。

他为什么要死呢？至少在投宿旅馆前没有当晚自杀的打算！他肯定是发现皮包里的东西不见了，突然头脑发热产生了自杀的念头。无疑，这三件不起眼的东西对他来说比生命还重要。

他在旅馆里的那段时间，为什么不怀疑包里的东西是上厕所时失窃的呢？通常，一旦发现东西失窃应该先这样想，而且还应该委托店主调查其他旅客的房间。

那家伙不可能没那么想，可虽然那样想过，但肯定担心整个旅馆为之哗然，而且喧哗的结果会彻底公开那三件东西。与其这样，还不如选择自杀与这三件东西永远告别。

·如果他生前确实这样分析过，这三件东西的来源也就非同寻常了。

业余侦探明智小五郎抑制不住内心的激动，因为天底下知道这一秘密的目前就自己一个人。

他把实验台上的皮包挪到跟前，小心翼翼地开锁，再慢慢地打开。

他把包里的三件东西排列在实验台上，先拿起木制葫芦凑到鼻孔前闻一闻，再用放大镜仔细观察一遍，可忙了好一阵子也没发现任何线索。

他接着一点点地解开麻绳，观察上回是否有漏看的地方，可也没发现有什么特别的。

接下来调查工作服。无疑，这是某画家穿的旧工作服。看来，龟井正信生前与这件工作服有特殊的关系。

明智小五郎打开脏兮兮、满是油画颜料的工作服，聚精会神地检查起来，当手摸到工作服上的口袋时，眼睛猛地亮了，精神为之振奋起来。

咦，口袋里有东西！

他用手指捏了一下口袋里的东西，是一只小纸包。

明智小五郎轻轻地打开纸包的同时，脸色骤变，兴奋得眼眸都快跳出眼眶了。

那是有着细长皱纹的东西！再仔细一看，那是一节已经干瘪的手指。

呵，果然不出所料！这一新发现让他更感兴趣了……细观这根手指，是被整个割下的，是用非常锋利的刀具割下的。这根手指被割下后，距今好像有十来个月了。

由于藏匿着手指，龟井正信才放弃调查旅馆里的其他客人的吧？既然包被盗，木乃伊手指肯定会暴露，因此便不再返回旅馆了。

但就这么一根手指导致他自杀，无论怎么考虑也让人觉得无法想象。即便警方发现这根手指，也不能肯定他就是杀人犯。龟井正信为这么一根手指自杀……其背后肯定藏有什么秘密，而且肯定是常人难以发现的秘密。

明智小五郎拿起放大镜观察着木乃伊手指。

瞧，指纹非常清晰！尽管已经干瘪，可这么粗的手指不可能是女人的手指，而是男人的手指。根据指甲的形状分析，多半是年轻男子手上的食指。

明智小五郎观察完毕，小心翼翼地恢复成原来的模样，放入化验台的抽屉后开始调查工作服。

工作服太脏，而且破旧不堪，看上去有十年了，不，或许是更长的时间。

咦，这块污垢很可疑！怎么看也不像油画颜料所致！紫黑的颜色，哦，那也是！不，这工作服上到处都是这令人恐惧的紫黑颜色。尽管已经失去鲜血的本色，但它是血迹，这不容置疑。

明智小五郎的眼睛开始充血。

已经过去很长时间，血液化验起来困难不小，但必须化验。

他把三只用于化验的玻璃器皿并列地放在实验台上，从抽屉里取出一把明晃晃的剪刀，从工作服上找出三个最脏并且面积最大的黑紫色污垢，剪下后分别放在化验器皿里，从药架上取下紫色试剂瓶，将里面的试剂分别滴入器皿里，再用钳子小心翼翼地夹起布块。

明智小五郎的脸上，布满了紧张神色，眼睛紧盯着被夹在钳子上的布块。不一会儿，他又取来其他试剂瓶，将其中的试剂分别注入玻璃器皿里。

明智小五郎多次重复相同的动作后，开始把眼睛凑在显微镜上观察。

呵，不出所料，果然是血色蛋白。黑紫色污垢就是血迹，已经没什么可怀疑的了。明知小五郎靠在椅背上长长地舒了口气，十分满意这样的化验结果。

证实它是血迹后，接下来必须要弄清的，便是工作服上为什么沾有那么多血迹。根据污垢的面积分析，可以断定不是割断后的动脉流血……对，多半来自这只手指上的伤口。像这样的血迹面积，与手指伤口涌出的血量差不多。

假设手指的主人是身着工作服的年轻油画师，那么，也许是他做错了什么而被割下手指。

明智小五郎这样分析后，再一次仔细地检查着工作服。可无论怎么检查，再没找到新的可疑情况。

自缢身亡的龟井正信的两只手上并没缺少手指，可见手指不是他的。也许是他割下身着工作服的年轻画师的手指？

明智小五郎一刻不停地推理……他凭着自己丰富的知识，多视野多角度地深入分析龟井正信留下的四件遗物。

陌生姑娘

那天，明智小五郎从早到晚地忙于调查木制葫芦和麻绳等物件。

他虽进行了种种推理和分析，但光摆弄这四件东西是不可能弄清该案的真相的。

龟井正信生前究竟住在哪里？干什么职业的？

明智小五郎觉得先要弄清楚的，是他在旅客登记簿上填写的地址和姓名的真伪。

好在名古屋有好友。最近，好友也对侦探推理产生了浓厚兴趣，一直与明智小五郎商讨破案方法。

于是，明智小五郎去函请好友查实名古屋是否有中区古渡町二路5号和龟井正信住户，包括龟井正信的家庭情况、职业情况和亲友情况。

当天晚报上刊登了五重塔自杀事件，该报道占用了很大篇幅。可报道没有说明死者的真实身份，只说明死者自杀的地点是塔顶。看来，警方尚未查清楚死者的真实身份。不过，该新闻具有轰动效应，在社会上掀起了轩然大波。各新闻媒体竞相炒作，闹得满城风雨。

该事件一经报道，势必有知情的报纸读者、电台听众和电视观众主动提供死者的真实情况。明天的新闻媒体，兴许会公布死者的真实身份。只要这一点清楚了，下一步侦查就容易展开，例如去死者的居住地或工作地收集证据等……

明智小五郎靠在实验室里的椅子上，边抽烟边看报道边思索。

这时门开了，一个性格开朗的少年走进房间。后来，少年作为明智小五郎的得力助手在侦探舞台上屡建奇功，帮助明智小五郎成为日本第一大侦探。少年叫小林芳雄。

"先生，有客人来访，接待吗？"

"真的吗？客人光临寒舍太难得了！什么模样？"

"是年轻美貌的姑娘。"

小林青年笑嘻嘻地答道。

"呵，是年轻姑娘？真不可思议！好吧，我在书房接待她。"

令明智小五郎吃惊的是，他走进书房时，那个十八九岁的美丽姑娘已经坐在椅子上等他。瞧她白里泛青的脸色，似乎正在患病。

"我就是明智小五郎，发生什么了？你脸色不好……"

他脱口问道。

"先生，我怕！有一个肉眼看不见的，但像幽灵的家伙总是缠着我……"

姑娘连句客套话也没说，直截了当地道出案情。

她身穿非常合身的黑色西服，脸色虽不佳，可漂亮的脸蛋称得上百里挑一。

明智小五郎见姑娘没自我介绍，不知如何回答是好。他嗜好犯罪心理学研究，按理接触的人十分有限。除小林外，还是头一次听陌生人称呼自己先生。

"你是谁？我是明智小五郎哟，你大概找错人了吧？"

"不，我虽不曾拜见过先生，可通过许多案件的侦破过程的新闻报道，先生的大名如雷贯耳。我现在被幽灵缠身，除先生外没人可帮助我解脱，请先生务必……"

姑娘摇摇晃晃地朝明智小五郎跟前走去，说话声猛地轻了起来，手捂住胸部蹲在地上。

"您到底怎么了？"

明智小五郎惊讶地跑过去。

姑娘浑身哆嗦，似乎连话也不能说了。

"对不起……突然……冒昧拜访……像这样……"

"你哪里不舒服？"

"……是胸部……我的心脏不好。"

姑娘像虾那样弯曲着身体，脸朝着地面轻声答道。

"那，我喊医生来！请别动！"

明智小五郎正要打电话，被姑娘拦住。

"别叫医生，我这病一回到家就会好的。对不起，你能不能帮我把在门口等候的轿车司机喊到这里来！"

大门口停有姑娘家的自备车。明智小五郎喊来司机，让他跟自己一起扶姑娘上车。

尽管初次见面，可明智小五郎觉得姑娘是病人，不能让她独自一个人坐后排的座位，便向司机打听姑娘的住址。这才知道姑娘家距离这里并不远，于是决定护送她回家。

"我送你回家！你这病情万一在途中……"

"真对不起，拜托你了。我独自一个人坐后排座位，也确实感到害怕……"

姑娘刚才说的幽灵缠身，从她的脸上看似乎确有其事。明智小五郎觉得自己不能袖手旁观，应该帮助姑娘排忧解难。

明智小五郎一坐上后排的座位，车便驶离了路边。车内装饰豪华，座位宽敞舒适，每次转弯时给人一种柔软且富有弹性的感觉。

姑娘肯定是大富翁家的千金。

明智小五郎这样猜测着。

不一会儿，车驶入一条别墅鳞次栉比但很冷清的住宅街，接着缓缓驶入某别墅的大门里。

玄关站着三名迎接姑娘的女用人。

明智小五郎扶姑娘下车，把她交给女用人后打算赶路回家。

"承蒙先生送我回家，能否请先生光临寒舍？"

姑娘见明智小五郎要回家便急忙喊住他，三名女用人也在一旁附和着，并热情地邀请他。

明智小五郎被女用人拽进玄关，皮鞋被脱下，换上室内拖鞋，接着被请进超豪华的房间。

房间里的色彩像火一般。

红色天鹅绒窗帘，红色呢绒墙面，红色羊毛地毯……就连靠背椅和沙发的外套也都是采用红色丝绒制作的。

霎时间，明智小五郎惊讶得目瞪口呆。像这样的装饰色调，打娘胎里出来还是头一回见到。

女用人请他坐在有红色扶手的椅子上。

"身体好一点了吗？"

"嗯，托你的福，已经完全……"

姑娘笑着答道。

此刻，姑娘脸色红润，笑容楚楚动人，与刚才的病态截然不同，刚才的表情已从她的脸上消失了。

明智小五郎觉得自己被灌了迷魂汤似的，表情困惑地望着对方。

"嘻嘻嘻……先生脸上的表情怎么那么严肃？"

姑娘像半开玩笑那样笑着问明智小五郎。

争夺匕首

"先生，说真话，我刚才是装病！嘻嘻嘻……请原谅！因为我有事拜托先生，不得不假戏真做把您诱骗到这里。

姑娘天真地说着。

"那，你不是说什么人老缠着你吗？那也是假的？"

由于委托人是姑娘，明智小五郎不能随便动肝火，于是便反问对方。

"嗯，那也是假的。"

姑娘转动着两颗灵活的眼眸，用孩子那样的语气回答道。

"先生，您不高兴了？"

"太让我吃惊了。好吧，姑娘到底委托什么？"

明智小五郎凭天生的正义感，觉得这背后有文章。

"能不能跟我交朋友？"

姑娘轻声问道，满脸害羞的表情。

"朋友？"

"是的。"

姑娘点点头。

"交朋友嘛，那没什么不可以的，可你跟我交朋友是为了什么？"

"我有事托你。"

"说吧！到底是什么事？"

"不过……"

姑娘抬起头目不转睛地望着明智小五郎的脸。

"你不答应交朋友，我就不能说。"

"我会尽自己最大的能力帮助你的。可你不说，我又怎么知道呢？说吧！"

"你真帮助我？"

"真的。"

"那我就说了哟！是那样的……我知道先生的秘密！"

"你说什么？秘密？"

明智小五郎表面上若无其事，可心里暗暗吃了一惊。

"是啊，这世界上，那秘密就先生和我知道。"

大概是担心的缘故，姑娘说到这里脸又变得苍白起来，表情十分认真。

"先生昨晚在什么地方？干了什么？我都一清二楚。"

明智小五郎险些从椅子上跳起来，由于没有思想准备，脸色变得青一块紫一块的。

"先生跟踪男子的时候，其实也有人在跟踪先生。您没察觉到吗？"

姑娘的话里没半点责备的语调，似乎表示我俩都有把柄握在别人手里，还是先交朋友吧！

"先生，我拜托您的不是其他什么事，而是希望得到皮包和皮包里面的东西。怎么样？先生，这是我一生中的唯一请求，请把包和包里面的东西完完整整地交给我……你要什么，我都可以给，哪怕是巨额财富我也愿意成交。

姑娘的语调变得悲哀，给人一种舍命也要到手的感觉。

为使自己平静下来，明智小五郎沉默了好一会儿，待恢复平静后冷冷地问对方：

"你为什么这么想得到皮包及其里面的东西？"

姑娘没吭声，也没挪动身体，好像在揣摩明智小五郎询问问题的心理动机。

他俩互相注视着对方，僵持了好一阵子。这时，明智小五郎的视线里似乎映入一个悄悄靠近的黑色动物。

那是一只大黑猫。

大黑猫的脚底没发出响声，一个箭步跳到姑娘的膝盖上，像保卫主人那样紧盯着明智小五郎，大黑猫好像被注入了人的灵魂一样。

大黑猫从姑娘的膝盖下到沙发上，如同工艺雕塑品那样趴着眺望着明智小五郎。

"原因我不能说，可我无论如何都要得到那只包。"

姑娘耷拉着脑袋小声嘟哝着。

明智小五郎着实慌了，赶紧站起来：

"我该告辞了！很遗憾，我不能满足你的要求。"

明智小五郎直截了当地回绝了姑娘的要求。

"啊……"

姑娘猛地站起来，一把拽住明智小五郎的肩膀。

"不行，你不能回去！你怎么就不明白我的委托啊？"

姑娘吐字很快，恶狠狠地瞪了明智小五郎一眼。

"不管遇上什么情况，我也不会拱手相让那只皮包的。"

他毅然甩开姑娘的手，迈开脚步。

姑娘摇摇晃晃地倒在地上，但很快爬了起来，厉声吼道。那模样，仿佛朝明智小五郎身后猛扑：

"你给我站住！"

声音严厉，夹杂着威慑力。

姑娘站在椅子边上，苍白的脸朝着明智小五郎。

"一定要回去吗？"

姑娘右手握着明晃晃的匕首，脚边那只大黑猫如箭一般弓着背，金色的眼眸紧盯着明智小五郎。

明智小五郎惊愕得站在那里发愣，半晌没有说话，与姑娘僵持着。

"你打算杀我？"

明智小五郎故作镇静地说。

"不，我的弱点是害羞，这就是我要对你说的。我轻率地说出了难以启齿的要求，过分地相信自己了。由于你的出现，我不再自信，并且变得心灰意冷。为此，我感到害羞。"

姑娘苍白的脸上在流泪，泪水在灯光下闪烁。握着匕首的右手在颤抖，刀尖渐渐朝上……不再朝着明智小五郎，而是朝着自己的胸腔。

见明智小五郎执意不肯交出皮包，姑娘便使出最后一招，似乎在说：就是抛弃生命也要得到那只皮包。希望明智小五郎回心转意。

无疑，姑娘这样做是威胁他。可姑娘一脸认真的表情和满脸泪水的模样，又让明智小五郎觉得不是威胁。与其看她自杀，不如先夺走她手里的匕首。

明智小五郎没有吭声，一个箭步扑向姑娘。

姑娘不甘示弱，可毕竟敌不过男人的力气，抵抗还没到一分钟，就被摁在地上解除了"武装"。

姑娘全身一动不动了，似乎休克了。

门开了，身穿西装的绅士走进了房间。

"你干什么？"

绅士瞥了一眼房间里的情况，气势汹汹地吼道。

他见明智小五郎手握匕首，误以为他杀了姑娘。

"你是这家里的人吗？"

明智小五郎觉得对方是姑娘的父亲。

"是的，我还是一家之主。听女用人说，是你送我孩子回家的，可你把我孩子打倒在地。你到底想干什么？"

"不，我没想干什么，把姑娘摁在地上也是出于无奈。因为你女儿突然萌生了自杀的念头，我不得不夺下她手上的匕首。"

明智小五郎手握匕首，简短扼要地叙述了刚才的过程。

绅士听完解释后连连赔礼道歉：

"我错怪了你，对不起……哎呀，相反我该好好谢谢你才是……这孩子，我真拿她没办法，可能又犯病了？"

绅士嘟哝着说了这句让人不可思议的话，走到姑娘身边准备拉她起来。可姑娘不知是装病还是怎么的，神志好像昏迷了，没有动弹。

"你家小姐虽没有强迫我交出那自杀男子的皮包，可是……这到底是怎么一回事？那个上吊自尽的男子和你家有什么关系吗？"

明智小五郎向绅士提出质疑。

"不，不是那回事。"

绅士奇妙地使了一下眼神，嘻嘻笑了。

"这孩子神经有点不正常，常常发生这样的情况。我一直吩咐家人别让她出去，可她这回又趁人不注意偷偷溜了出去……这把匕首，不知她从哪里弄来的？她随身携带着这么危险的刀具，我竟然一点也不清楚。"

"是，我姑娘如果做了对不起你的事情，请多多包涵，我作为家长向你道歉，今天就到这里，你请回吧！我这孩子经常发病，还让你为她担心，实在对不起。"

　　绅士似乎伤透了脑筋，仿佛为家庭成员的这种秘密让外人知道而感到尴尬。

　　原来，姑娘有精神疾病。像这种别出心裁的房间装饰和刚才强人所难的行为，现在看来也没什么奇怪可言。

　　此刻，明智小五郎复杂的心情难以用语言来表达。虽说姑娘是精神病患者，可细细回想，总觉得有不合逻辑的地方。他还想问绅士，可对方已经为姑娘的精神疾病感到无地自容了，并且下了逐客令，还让女用人通知司机送他回家，根本就不给他提问的时间。

　　"总之，我向你赔不是了，今晚发生的事情，请无论如何别在外面说……"

　　绅士边送明智小五郎出门边嘿嘿地怪笑，最后那句话被他重复了好几遍。

窗外怪影

　　明智小五郎静下心来分析，越分析越觉得蹊跷，脑袋里像被灌了迷魂汤似的。

　　姑娘叫什么名字？她父亲叫什么名字？什么也没弄清楚。明智小五郎犯了不该犯的过错。

　　好在送他回家的那辆车不是自备车，是附近一家汽车修理厂的车。于是，他向司机打听了姑娘家的情况才知道绅士叫近藤健三，是日本桥附近一家进口杂货批发企业的总经理，那家企业叫新藤股份有限公司。

　　两年前，近藤健三失去妻子，与唯一的女儿近藤礼子相依为命，生活显得十分冷清。

　　近藤礼子患有精神病，司机说他压根不知道有这回事。看那回答的口吻，是在替近藤家保密。

　　明智小五郎回到家后走进实验室，关上房门努力回忆着白天一天的经过，越想越觉得百思不得其解。他把龟井正信的自缢身亡与这对父女综合起来分析，思索了好一阵子还是无法找到切入点。

　　更让他感到惊奇的是，姑娘居然知道自己昨晚的跟踪行动，甚至知道自己去隔壁房间窃包一事。看来，昨晚有人跟踪自己。从客观上看，近藤礼子不可能跟踪自己，而是别人跟踪的，随后告诉了她整个过程。

　　看来，有人在暗中监视自己，同时在暗中操纵近藤礼子。

　　明智小五郎这么一分析，觉得自己推理到这里发现了有价值的线索。关于姑娘是否患有精神病，他感到怀疑。尽管姑娘的言行确实奇怪，可执意要皮包的那番表演，证明她精神正常。

　　明智小五郎双手交叉在胸前，嘴里不停地嘀咕。

如果姑娘没患精神病，那就是她的父亲近藤健三故意撒谎，赶他回家……

这么说，做父亲的近藤健三不光是同伙，还在暗地里操纵着姑娘"演戏"。看来，近藤父女与龟井正信的自杀可能有关，否则，为什么假戏真做执意要我交出那只皮包？

明智小五郎分析到这里，猛然觉得推理的思路错了。

然而，无论怎么推理，堂堂的公司总经理，财大气粗的绅士及其貌美的姑娘，按理不应该与外表寒酸且贫穷的龟井正信有关啊。

不一会儿，他试着改变了推理的方向。

龟井正信的死，可能与近藤健三之间没任何关系，而仅仅与姑娘有关，或者说姑娘背后可能隐藏着一个高智商的罪犯。

下一步的侦查工作，应该先摸清近藤健三的家庭情况。

他坐在实验室的椅子上，眼睛盯着天花板不停地自问自答，突然间觉得视野里有动物在晃动。

是大而黑的动物。

奇怪！

他快速地站起身来朝那里走去，经过仔细打量后，发现对面的玻璃橱里的显微镜的旁边趴着一只大黑猫。由于显微镜的使用频率比较高，那儿的玻璃门一直是敞开的。此时此刻，那对金黄色的眼眸射出的目光，正在观察着明智小五郎的举动。

明智小五郎立刻将视线移向窗户，移向周围，根本就没人。咦，这大黑猫从哪里潜入实验室的？

霎时间，他恍然大悟，这大黑猫不就是刚才趴在近藤家的沙发上的那只猫吗？

明智小五郎顿感背脊上一阵冰凉，仿佛背部被浇了一盆冷水。不管怎么说，自己总不能怕猫吧。于是，他也瞪大眼睛与大黑猫的目光针锋相对着。

大黑猫毫不胆怯，跟明智小五郎的视线一直对峙着。渐渐地，明智小五郎觉得大黑猫的眼睛越来越亮，越来越凶恶。

明智小五郎被大黑猫凶相毕露的眼神激怒了，突然站起身来，大声吼叫着赶它出去，可大黑猫根本不动弹，显得十分冷静。

明智小五郎突然抓起写书法用的金属镇纸，朝大黑猫扔去。

……传来玻璃被砸碎的声音。大黑猫的速度很快，早已跳出玻璃橱柜，一阵风似的跑出房间，消失在门外的走廊上。

明智小五郎尾随追赶，在走廊上搜寻，可大黑猫像变魔术那样早已不见踪影。

"怎么了？先生，刚才的声音？"

小林从对面跑来，不可思议地打量着明智小五郎。

"大黑猫钻进了实验室！你没看见？"

"没有啊。它从哪里进来的？先生出门时，实验室的门窗不都是上了锁和插销的吗？"

小林见明智小五郎沉默不语，觉得不是什么小事，赶紧在房间里仔细搜索，可大黑猫的影子也没见着。

明智小五郎感到不安起来。

大黑猫可能是跟我一起乘坐那辆车来这里的，

多半是躲在坐椅靠背的后边，悄悄地跟在我身后潜入房间的。

越是这么分析，明智小五郎越感到浑身不自在。

姑娘的心跟大黑猫相通。

魔鬼般的大黑猫琢磨出主人近藤礼子的心思后，为摸清我的行动规律才鬼鬼祟祟地跟着我来到这里的。眼下，它也许已经回到红色的房间，正在向女主人报告情况。

明智小五郎边想边恍惚起来。

第二天，明智小五郎为深入了解近藤家庭的情况，花了一整天的时间。

他先去日本桥附近打听近藤股份有限公司的主要客户，随后向这些客户了解该公司的情况。他还去了涉谷区近藤别墅的邻居家，打听近藤家的情况。

用了一整天的时间，并没有得到想知道的情况。

近藤健三，静冈县人，今天的家产和社会地位是他这一代艰苦创业得来的，资产额目前达一亿日元。两年前过世的妻子也是静冈县人，娘家也是富裕大户。夫妻俩结婚后感情甚笃，唯一的爱情结晶是近藤礼子。

近藤礼子是出了名的美人，可脾气古怪，朋友越来越少，至今还没有恋爱对象，与其父亲生活在一起。

就上述这些情况，其他的就没问出什么来。

对于近藤礼子是否患精神病和是否有特别要好的朋友这两点，明智小五郎最感兴趣，问了好多人，可没有一个人能回答清楚。

终于，明智小五郎找到近藤健三父女俩的保健医生。令他失望的是，这位具有博士学位的保健医生忠实于工作，除根据职业道德可以回答的问题外，其他的问题一问三不知。

那天晚上。

明智小五郎由于白天一整天在外排查，累得筋疲力尽，晚上十点不到便上床睡了。

半夜里，他在梦中似乎听到了轻微的响声，于是立即睁开了眼睛。

是物体相互摩擦时的响声。

躺在床上的他，转过脸悄悄地望了一眼声音传出的方向。

枕边台灯的灯光不是很亮，就连家具的形状也很难看清楚。但面朝院子的百叶窗下端，有十厘米左右的间隙。

奇怪！睡觉前关上百叶窗了啊。

明智小五郎注视着百叶窗外侧的情况，那外面好像有什么东西在蠕动。

他赶紧从床上爬起，谁知窗外蠕动的影子瞬间消失了。

像人的脸，眼睛隔着玻璃朝室内张望。

由于瞬间消失得无影无踪，加上百叶窗下端的间隙很小，只能看见眼睛和鼻子部分。

"谁？"

明智小五郎大声问的同时已经大步跑到了窗户前，迅速打开窗户打量着黑夜笼罩的院子。

院子里一片漆黑，室内的暗淡灯光只能模模糊糊地照到窗户边。对面的树林仿佛被涂上了一层黑漆。

他从玻璃橱里取出手电筒，按亮后跑到院子里，身上穿的还是睡衣。

宽敞的院子里是茂密的树林。明智小五郎用手电筒照亮树与树之间并展开搜索，结果什么可疑的东西也没发现。

猛然间，不知从哪里传出嗓音低沉的笑声，是一种难以形容的、令人讨厌的声音，声音里夹杂着嘲笑和吓唬的声调。

听到这阴阳怪气的声音，明智小五郎浑身鼓起了鸡皮疙瘩，胸中顿时激起了愤怒的野火，此刻他已经忘了什么叫危险，朝着传出声音的方向跑去。

声音是从树林深处的围墙那里传出的，那一带非常潮湿泥泞。没经过修整的杂草，不时地缠着他的脚脖子。明智小五郎用手电筒照亮了杂草丛，不放过每个角落。可奇怪的是，连一个人影也没见着。

他站在草丛里，观察了好一会儿。突然，他发现那令人厌恶的声音源就在身边，与刚才听见的一模一样。比人高的黑色板壁围墙上，趴着一个圆滚滚的东西。

大黑猫！

大黑猫把背弓得高高的，趴在狭窄的围墙上。手电筒的光束里，两颗金黄色的眼眸朝着明智小五郎射出贪婪的目光。

低沉的叫声，不停地响起，大黑猫仿佛在嘲笑他。叫声从大黑猫那里传出，给夜色增添了阴森恐怖的气息。

墨镜男子

"嗯，声音是从围墙外传来的！"

明智小五郎再也按奈不住了，爬上围墙朝外打量着。

霎时间，大黑猫不知去向了。明智小五郎随即跳到人行道上。

冷冷清清的人行道上，路灯光线不怎么亮。借助路灯的光朝前观察，距他四十米左右的正前方，有身着长袍的影子，正快速地狂奔。

无疑，他就是刚才隔着玻璃窥视的家伙。

莫不是近藤礼子?

她和大黑猫形影不离，既然有大黑猫在，奔跑的家伙理应是近藤礼子。可瞧那家伙的背影，怎么也不像女人，倒像是身材魁梧的男人。

近藤礼子不可能那么高大。刚才站在窗外隔着玻璃窥视的那双眼睛，也不像近藤礼子。

明智小五郎这么做出结论后，便紧追了上去。跑着跑着，他觉得自己的双脚似乎离开了地面，尽管他的速度不慢，还是与前面的人影有一段距离。

沿街角转弯朝前跑了四五百米的时候，黑影突然从视线里消失了。明智小五郎在那一带找来找去，再也没发现那个家伙的影子。

奇怪，这个家伙简直像有飞毛腿似的！不找了！说不定那个家伙是调虎离山，眼下也许有人已经潜入实验室。

明智小五郎想到这里，立即转身返回实验室。

不用说，黑影是为了龟井正信的皮包和那四件东西而来。

明智小五郎一口气跑到门口咚咚咚地直敲门，唤醒小林打开门后从玄关径直跑到实验室。

皮包好端端地在玻璃橱柜里，那四件东西也一样没少。

长袍黑影好像顾不上取这些东西，已经逃之夭夭了。

他把包放在枕边睡着了。

第二天，明智小五郎吃完早餐后，准备去日本桥附近的M银行总行。

他手提龟井正信的皮包，显得十分谨慎，一走到门口就喊了一辆出租车。

M银行总行的地下室里有戒备森严的保险库，明智小五郎打算把这只重要的皮包存放在那里。

自己住宅里没安装保险柜，不管警惕性多高，如此重要的物证还是有可能被偷走。

明智小五郎来到M银行总行的柜台，签订了存放贵重品的合同，跟着工作人员朝地下保险库走去。

固若金汤的地下保险库，非常宽敞，走廊两侧排列着许许多多的大保险柜，那上面有好几百个大大小小的金属门，密码和钥匙各不相同。工作人员打开其中一个金属门，请明智小五郎把皮包放进去。明智小五郎按自己想好的密码锁上保险柜的门，插上钥匙再上锁，最后把钥匙装入自己的口袋里。

这时，保险库的门口传来说话声，好像也是来存放贵重物品的顾客，绅士模样的打扮，与银行工作人员边走边说着话。

这位顾客可能眼睛不好，鼻梁上架着大墨镜，脸上长满胡子，大约五十岁光景。像这样的特征，看了就很难忘记。

明智小五郎觉得，绅士那对藏在玻璃镜片后面的眼睛紧盯着自己。

一个朝外走，一个朝里走。当他俩在狭小的通道上擦肩而过时，只见绅士裸露出洁白的牙齿笑嘻嘻地朝着他说：

"存放贵重物品只能在银行保险库。"

明智小五郎猛地停住脚步，可绅士似乎并没对他说什么，而是继续朝里走去。

怎么？身边不是有引路的工作人员吗？他为什

么朝着我笑？什么原因？可自己不能站着不动。于是，明智小五郎告别银行工作人员，随即离开银行。

一路上，他的脑瓜子里老想着那个墨镜男子。

这家伙好奇怪呀！为什么那样看着我？而且紧盯着我看，为什么？存放贵重物品只能在银行保险库……他为什么说这句话？通常，就是存放贵重物品也不会说出来。那个家伙分明是冲着我说的。那个家伙的背上好像也背着什么东西，多半也是把贵重物品存放在银行的保险库吧？

明智小五郎的脑海里不时涌现出一个个疑团。

好友来信

  那以后的两天里什么也没发生。明智小五郎利用这两天时间从各方面调查近藤父女俩的情况，可仍没有发现新的情况。

  就在龟井正信自杀事件发生后的第五天早晨，明智小五郎在名古屋的好友来信了，是调查龟井正信的结果。

  "明智，根据你信上说的情况，我走访了本市古渡町古渡二路5号的住宅。您说的那个龟井正信，这十年时间里没在这里居住过。我认为，龟井正信多半是假名假姓。但我在那一带排查的时候，打听到古渡町古渡一路25号的住宅里，有叫鹤田正雄的。从这两个姓名看，好像有相似的地方。鹤与龟，井与田，信与雄，是一些容易让人联想的文字。就"正"来说，两个名字里都有，而且都在第三个。假设鹤田正雄想改变姓名，脑海里会自然浮现出龟井正信这样的名字。

"一个是二路，一个是一路，一个是5号，一个是25号。虽路号码看上去各不相同，可5号与25号这两个数字并非没有关联，再说最后的数字都是5。为此，我走访了坐落在古渡町古渡一路25号的那幢住宅。鹤田的住宅呈长方形，一共有三个房间，居住着鹤田正雄的妻子，看上三十四五岁，娘家姓近藤。我直接找到她，询问了许多情况。

"我琢磨了一下，对你的侦查应该有参考价值。七年前，鹤田正雄也没说什么理由就离家出走了，而且一去不复返，至今杳无音讯。其家属曾委托警方查找，可没有找到。鹤田正雄的体形和长相我也打听了，与你在信上绘制的模拟画十分相似。还有，鹤田正雄于七年前离家出走至今下落不明，而龟井正信是他的化名这点也是千真万确的。

"鹤田正雄的妻子叫近藤八重子，除丈夫外，现在全家是三口人。她自己，六十岁左右的母亲以及她和鹤田正雄今年刚满八岁的儿子。近藤八重子当保姆的收入维持着全家人的生活来源。你应该立刻拜访鹤田正雄的妻子近藤八重子。你亲自与近藤八重子见面，进一步了解情况，也许还能发现更有价值的信息。"

好在明智小五郎写信给好友时，没有披露龟井正信自缢身亡的噩耗，因此近藤八重子不会想到下落不明的丈夫会在东京的五重塔上自尽。

明智小五郎看完好友的来信，高兴得手舞足蹈。

太好了！好友真是帮了我大忙了！好，立即出发！现在出门还能赶上九点发车的特快列车！

他立即喊来小林，告诉他，自己马上去名古屋出差，让他给名古屋的好友发传真，告知到达名古屋的列车时间。他打点好行装后，喊来出租车匆匆赶到东京车站，在距离九点发车差几分钟的时候乘上了列车。

其实，当他出门坐出租车去东京车站的途中，也不知从哪里驶出一辆轿车，紧紧地尾随着他来到东京车站。

明智小五郎只顾考虑名古屋的事情，丝毫没有察觉到身后还有"尾巴"。

他一到达东京车站时，跟踪车辆上也下来一个家伙，绅士模样，鼠色大衣，个头不高，还有点胖。

鼻子与嘴唇之间有一撮小胡子，鼻梁上架着一副墨镜。这家伙曾跟踪明智小五郎来到M银行总行的地下保险库，还跟明智小五郎脸打了个照面，他的行为十分可疑。

绅士好像明智小五郎的影子，买了一张跟明智小五郎相同的车票，与明智小五郎之间保持十米左右的距离，也混在人群里走进检票口，继而进入相同的站台乘上去名古屋的列车。当列车启动时，他来到明智小五郎乘坐的二等车厢后边的车厢坐下。

在开往名古屋的途中，绅士频频离开座位监视二等车厢里的明智小五郎。

列车每次接近车站时，车都要减速。每当这

个时候，绅士便假装去厕所而离开座位，来到与二等车厢连接的平台那里，隔着玻璃监视着明智小五郎。

在列车抵达名古屋车站前，明智小五郎一次都没离开过座位，满脑子装的是如何进一步向近藤八重子打听消息。虽说列车的速度不快，但心里有点着急，要考虑的事情一个接一个，无暇顾及周围的动静。

对明智小五郎来说，该案是他走出大学校门研究犯罪心理学以来的第一个案件。为弄清案件的真相，明智小五郎全身心地投入排查也是理所当然的。

下午二点零五分，列车到达了目的地——名古屋车站。

明智小五郎期待着这次查访能有重大收获，于是信心十足地下车，来到站台上。

乘坐在后面那节车厢的墨镜绅士，一察觉明智小五郎要下车，赶紧抢在前面走到门口。列车还没有停稳时，他已经跳到站台上抢在明智小五郎前面走出检票口，随后走在别的行人背后跟踪明智小五郎。

明智小五郎径直走出车站后朝停车场走去，那个叫三岛的好友在那里等候着他。

"喂，明智，我在这里，我在这里。"

"哦，三岛，谢谢你的关照，这次出差又麻烦你，真谢谢你啊！"

明智小五郎走到好友三岛的跟前，笑呵呵地打着招呼。

"怎么样？是去旅馆还是去古渡町？"

"嗯，立刻去古渡町！近藤八重子在家吗？"

"如果她不在家，打听到她在哪里后，把她请来不就行了，她在别人家当保姆。"

两个人交谈着坐上等候的轿车。

走在人群里一直听他俩对话的可疑绅士，一见到他俩上车了，也快速地跑到出租车车站，上车后命令司机尾随明智小五郎乘坐的出租车。

失声痛哭

那以后大约过去了一个小时。

在距离古渡町不远的三笑餐馆的包间里，明智小五郎与一个朴实的中年妇女面对面地坐着。

不用说，她就是化名龟井正信的自杀男子的妻子近藤八重子。

明智小五郎和好友三岛一起拜访了古渡町近藤的住宅，特地邀请近藤八重子，并把谈话的地点安排在三笑餐厅。

他此行的目的，是为了调查在东京五重塔上的自杀男子的真实身份。尽管龟井正信自杀事件在东京家喻户晓，但明智小五郎没把此行的真正意图告诉好友三岛。

他想单独与近藤八重子交谈，因此在途中与三岛分手了。

"刚才，你说你知道鹤田正雄现在居住的地方，那话是真的吗？"

近藤八重子彬彬有礼地把手放在膝盖上问道。虽说为了掩饰内心的兴奋，语气也十分冷静，可双手却在微微颤抖。

"是的，是真的，因此我想问你一些情况。如果没什么不方便的地方，请尽可能详细地回答我的提问好吗？"

明智小五郎认为，如果说出自尽男子的情况也许会吓着对方，倒不如先请近藤八重子说出丈夫离家出走时的情况。

"这是我十分害羞并难以启齿的事情，但事隔多年，已经没什么可保密的了。"

由于长期以来的生活重担，让近藤八重子显得十分消瘦，可外表看上去要比真实年龄小，显得非常镇定。

"请问，你是什么时候结婚的？"

"是丈夫离家出走时的七年前结婚的。当时，我和他结婚还不到一年半时间。"

"你丈夫是当地人吗？是不是以前就与你认识的？"

"不是的。我和他是结婚的三个月前才相识的。我当时是钟表公司下属工厂的女工，是在工厂里和他认识的。鹤田正雄是熟练工。"

"那，你丈夫老家在哪里？有亲戚吗？"

"据丈夫说，他老家在九州的福冈那里，家里就他一个人，也许没什么亲戚？我们一起生活后他是住在我家的，还没来得及办理结婚手续，因此他的原籍究竟在哪里我也说不上来。"

这番回答，让人觉得有点不可思议。可不管怎样，近藤八重子深信明智小五郎是来通知其丈夫的下落的，因此态度十分认真。关于这一点，从她的语气和表情上就可以知道。

也许当时两个人还很年轻，觉得办结婚手续太麻烦，放一下再说。

"你丈夫现在的年龄是多少？"

"四十四岁。"

近藤八重子回答得很干脆。七年前离家出走的丈夫，她丝毫没忘记，清清楚楚地留在记忆里。

"那以后，你一直没再结婚？"

"是的，有孩子了，再说丈夫鹤田正雄总有一天会回来的……你知道我丈夫现在的下落，对我来说太重要了。请问，他现在住在哪里？为什么他本人不来见我？"

近藤八重子说到这里时十分伤心，那表情好像在为丈夫担心。明智小五郎目不转睛地望着百思不得其解的近藤八重子的脸，深感自己眼下的处境十分尴尬。

龟井正信与鹤田正雄是同一个人，在东京的五重塔上吊自尽后，经过新闻媒体的竞相报道，在东京已经无人不知。如果把这个消息说给近藤八重子听，势必会给她带来无限的悲痛和伤感。再说目睹她丈夫上吊自尽的，是明智小五郎自己。

明智小五郎踌躇不安起来，觉得难以向近藤八重子公开这一事实。

　　"请等一下，我知道的那个人不叫鹤田正雄。也许我弄错了？我想进一步向你打听情况。如果确实是你丈夫，我再对你说……"

　　"这太简单了！让我见他一面不就都清楚了！他在哪里？"

　　近藤八重子开始失态了，刚才的镇定表情不翼而飞了，朝前探出上半身，迫不及待地要求明智小五郎回答。

　　"暂时还不能说，请让我再向你问一些情况好吗？"

　　明智小五郎强忍着内心的痛苦，故意显示出不着急的样子。

　　"你丈夫离家前后的情况能不能说得具体点？是不是有什么原因？"

　　"没有，什么原因也没有。即便现在，我仍无法理解他为什么那样做。"

　　近藤八重子说到这里稍稍停顿片刻后，好像在归纳当时的回忆。

"他很聪明，工作上埋头苦干，在技术上是一把好手，还是一个爱学习的人，会英语和法语等好几国语言。喝醉酒时，说的都是一些很难懂的哲学名词。

"我虽不知道他的成长经历，可直觉告诉我，他一开始不是干体力活的人。我总觉得他的工作性质改变好像有很深的原因。"

近藤八重子的这番话与明智小五郎的分析完全一致，鹤田正雄原本不是工人。

明智小五郎曾在皮革制品商店门口听到他与店主间的对话，当时就觉得鹤田正雄的那身打扮与他受过的教育不太吻合，从表情上看是知识分子的感觉。

已经不容置疑！龟井正信就是曾经与近藤八重子在一起生活过的鹤田正雄，他俩是同一个人。

近藤八重子继续说：

"现在回想起来，他是知道我怀孕后开始变化的。在那以前，他确实是一个做事认真的人。但是……他这人平时不爱说话，沉默寡言。自从知道我怀孕后就更不开口了，就是从厂里回来也是毫无表情，一声不吭的。

"他开始酗酒，总是喝得酩酊大醉。喝起酒来，是一口一口地低着头喝闷酒。他好像有难以启齿的痛苦往事，好像还不能对人说。他喝酒，是借酒消愁。我劝他少喝，只是稍说了几句，他便不高兴了，转过身就往外走，深夜回来时就是酩酊大醉的模样。

"孩子生下来后，他好像变得高兴了，有一段时间不喝酒了。可戒酒还不到一个月，喝酒的老毛病又犯了。他不仅恢复了原来的模样，还比以前喝得更多，醉得更厉害。孩子生下来刚三个月，便发生了令我难以置信且至今不知原因的事情。"

"你是说丈夫离家出走吧，那么有什么促成他出走的直接原因吗？"

"我现在仔细想起来，好像有两件导致他出走的事情。第一，孩子生下来，要报户口。我要求他尽快与我去政府有关部门办理结婚登记手续，让我改用他的姓。

"不光我，还有我母亲也央求他。可他突然暴躁起来，用脏话骂人。他当时那副恶狠狠的样子，实在是难以形容，我不曾见过，即便现在也难以忘怀。

"可我不恨他，看见他的表情，觉得他的变化是有原因的，非常同情他。第二，自从他性格突然发生变化后，大约过了三天，发生了一件完全出乎我意料而且是我无法理解的事情。

"那天，我在家打扫卫生，不经意地打开了他的行李袋，发现里面有一些旧衣服和没洗过的东西，打算整理后洗干净，于是把里面的东西全拿了出来，猛然间发觉在底层有一个油纸包，绳子系得严严实实的，好像是什么贵重物品。

"我打开一看，是一件被弄得满是油画颜料的工作服、一根麻绳和一个木制葫芦。像这些没有价值的东西，为什么要藏起来呢？我这么想过，可当时没想那么多，也不打算想明白，就将它恢复原样后放回了包里。

"他从工厂回来后，我也没当一回事地向他说了这个情况，不料他突然惊恐万分，脸色铁青，像从疯人院里逃回家的病人那样，使出全身的力气将我推倒在地，还骂我'混蛋！混蛋！混蛋！'，接着就不停地打我。

　　"我吓蒙了，也不知犯了什么错。由于无缘无故挨打，我伤心得哭了。妈妈听见我的哭声，走过来也跟着我一起痛哭。这件事惊动了周围的邻居。也就是那天晚上，他离家出走了。我打电话报了警，委托警方找他。

　　"可自打那以后整整七年过去了，根本没有他的音信，无法找到他的行踪。孩子大了，现在已经上学了。这七年时间，对我来说是多么的漫长啊！"

　　近藤八重子说到这里，深深地叹了一口气。

　　可以进一步确定了，她的丈夫鹤田正雄就是在东京五重塔上自尽的龟井正信。

　　他当时是带着这些东西出走的，这些东西对他来说具有重大意义，即便扔掉家庭和孩子也在所不惜。

七年前，由于这些东西被妻子看见而离家出走。现在，一旦发觉这些东西被盗便毅然选择自缢身亡。

这几件不起眼的东西为什么具有那么大的魅力？居然可以使他抛弃妻子和孩子，甚至不惜生命。

按常理分析，无法找到其原因。

明智小五郎暗暗下定决心，一定要揭开鹤田正雄的秘密。

"先生，我已经全对你说了。按刚才咱俩说定的，该轮到你告诉我他现在住的地方。请快点说！他到底在哪里？大概不会在名古屋吧？"

近藤八重子毫不客气地逼明智小五郎回答。

明智小五郎已经处在做出痛苦抉择的境地了。

近藤八重子期待着早日与丈夫见面，激动得快要按捺不住自己了。看着她急切的目光和充满希望的表情，明智小五郎的心在隐隐作痛，不仅难以开口，突然间竟有想逃走的念头。

事情已经发展到这种地步，决不能采取逃避现实的举动。

明智小五郎意识到自己的责任，决定公开这不得不说的事实。

"近藤，我带给你的不是什么好消息，不是能使你高兴的消息。"

"什么？那……是坏消息……"

近藤八重子脸色骤变，瞪大眼睛看着明智小五郎。

"别吃惊……说实在的，我现在的心情也很痛苦，本打算什么也不说就这样回去。可我如果这样做，会让你更担心……"

"明白了……他大概已经不在了？不可能再回到这个世界了吧？"

她说这话时声音带着颤抖。

"很遗憾，完全如你猜想的那样。但如果说仅仅是正常的死也就算了，可是……"

"什么？那，你说这话是什么意思？他还做了什么坏事……"

近藤八重子紧张的脸上连一丝血色也不存在

了，像死人的脸那样苍白。

"别紧张！你的丈夫可能不是你说的那种人？因此，你最好忘了他，最好别抱有什么幻想。"

"不，不，他的情况我非常清楚，他不会做坏事。因为他不是坏人，不可能做出伤天害理的事情。"

近藤八重子听到明智小五郎说她深信不疑的丈夫可能是坏人，于是极力为丈夫辩护。

"好，请看报纸！这上面的照片如果不是你丈夫，那就太幸运了……"

明智小五郎拿出带在身上的报纸，摊开放在近藤八重子的面前。

报纸的社会版面上，整篇刊登了自杀男子的报道。文章中间，刊登了一张自杀男子的大幅照片。

"啊，是鹤田！虽老了点，可确实是他！"

报上的大标题深深地映入近藤八重子的眼帘。她屏住呼吸看着报道，当知道事件的大致情况后再也忍不住了，突然痛哭起来。

"你太可怜了！我也许不告诉你就好了，真后悔来见你。请别哭了！我还有许多话要问你。因为，我想尽自己的微薄之力帮助你。"

明智小五郎内心充满了对近藤八重子的怜悯之情，不停地安慰她。可失声痛哭的近藤八重子没有抬起头来，她那饱经风霜的肩膀在剧烈地抽搐着。

他们交谈的情况，从一开始就有人在暗地里偷看。这家伙就是那个鼻梁上架着墨镜的绅士。

明智小五郎专心致志地与近藤八重子交谈，好像没注意到外面的人。

夜行列车

不一会儿，近藤八重子抬起头，望着明智小五郎："我该怎么做？大概再也见不到他了吧。"

"尸体还停放在警方那里，但我建议你最好别去看，什么也别想。死去的人虽然值得同情，可你还是像我说的那样装作不知道就是了。另外我有种预感，你丈夫好像与什么重大犯罪案件有牵连，否则他不会平白无故地离家出走的。

"考虑到孩子的将来，你今后不必以鹤田正雄的妻子身份介绍自己。我刚才所说的，请全部忘掉！从今往后，你就按现在的方式生活下去。对你来说，我觉得这才是最重要的。”

明智小五郎为近藤八重子的全家人着想，耐心地劝说。

“也许你说的对？为孩子的将来着想，还是别让他知道父亲死得这么可怕。不过……”

近藤八重子尽管明白那样做是对的，可心里还是无法忘掉足足等了七年并且担心到现在的丈夫。

那天晚上快要九点的时候，他们的交谈才结束。近藤八重子总算被说服了，答应明智小五郎以现在的方式生活下去。明智小五郎把她送回家，接着去好友三岛家拜访。

明智小五郎能与近藤八重子见面，应该说三岛立了大功。可明智小五郎闭口不谈鹤田正雄已经上吊自杀的事情。

一来他已与近藤八重子约定不说出她与鹤田正雄之间的关系；二来不保密该情况，会影响接下来的排查。他跟好友三岛见面后只是海阔天空地闲聊，接着便回宾馆休息了。

第二天，明智小五郎拜访了鹤田正雄七年前工作过的钟表厂。如果还有他当时填写的履历表，他也打算复印一份。

到那里一打听，才得知那家工厂已经更名，当时的职工登记簿早已没有了。

于是，他顺便去了市立图书馆，找到七年前的地方报纸并仔细查阅。鹤田正雄藏在内心的秘密，按理应该能从报纸上找到。

从鹤田正雄离家一年前的报纸里，还是没找到有关凶手下落不明的报道。

查阅报纸毫无结果。明智小五郎这次名古屋之行，仅仅弄清了龟井正信与鹤田正雄是同一个人而已。

情况似乎越来越复杂了，看来鹤田正雄肯定与某个重大案件有关。那件沾有许多血迹的工作服和木乃伊手指，足以证明明智小五郎的这一结论。

当鹤田正雄得知这些物证被妻子发现后便毅然出走。可奇怪的是，当时这一带居然没发生一起凶杀案，太不可思议了。

尽管七年过去了，可一发现旅行手提包失踪便慌慌张张地上吊自杀，简直让人难以理解。

还有，美丽的近藤礼子姑娘为什么千方百计想得到那只手提旅行包？

要想解开鹤田正雄的自杀之谜，还是应该在东京排查。就目前的情况来说，最可疑的是近藤家。这对父女或许藏有什么秘密？回到东京后，应该集中精力详细调查近藤家的情况。

明智小五郎决定乘坐当天晚上十点五分的快速列车赶回东京。

他与前来送别的三岛互打招呼后便走进了硬卧车厢，可躺在床上却没有一丝睡意。

列车离开车站后不一会儿，他去洗手间。回到自己的包厢后，他猛然发现了奇怪的现象。车厢交汇处的间隙，一张人脸正望着他。

仅仅是眨眼之间，那张脸便消失了。

对方的模样没逃过他的眼睛。这家伙鼻梁上架着大墨镜，长着满脸胡子。是他！曾在M银行总行的地下保险库与自己擦肩而过的墨镜绅士。

嘿，奇怪！这家伙居然出现在这里！假设偶

然，那就太不可思议了！

这家伙的包厢，竟然就在自己包厢的隔壁。

明智小五郎越想越感到奇怪。好吧，那我就针锋相对地展开反监视。

明智小五郎若无其事地走进自己的包厢里，拉上窗帘后瞪大眼睛监视着走廊的动静。

大约过了二十分钟，墨镜绅士以为明智小五郎睡着了，便走出包厢来到走廊上，那样子好像是去洗手间。

明智小五郎抓住时机赶紧开门，冷不防地主动跟他打招呼："喂，我好像在M银行总行的地下保险库见过你！没想到在列车上又见到你了，跟你真有缘呵！"

墨镜绅士冷不防地吃了一惊，很快故作镇静地转过脸来："啊，啊，我还以为是谁呢？原来是你呀！我想起来了，好像四五天前在M银行总行见过你！你去哪里啊？"

墨镜绅士佯装不知地问道。

"名古屋。你呢？"

"我也去名古屋了。哈哈哈……照这么说，我一直和你同路。"

他俩的脸上都是皮笑肉不笑，心照不宣。

"怎么也睡不着……正想去抽一支烟。你是不是也去那里？"

墨镜绅士忽然想起什么，主动邀请明智小五郎。

"好啊，我反正也睡不着，我跟你一起去抽烟。"

明智小五郎将计就计，打算利用这一机会弄清绅士的真实身份。

他俩并肩地坐在吸烟室里，各自抽起烟来。

墨镜绅士不时地打量明智小五郎的脸，半晌没有说话，可片刻后也许是憋不住的缘故，终于压低嗓门轻声说道："明智！"

明智小五郎虽想过这家伙知道自己的名字，可被别人毫不客气地喊名字还是头一回，顿时吃了一惊。

"怎么？你知道我的名字？"

明智小五郎假惺惺地反问，那语气似乎在说，对不起，你的情况我也了如指掌，彼此彼此。

"知道。你目前在研究什么，以及你这次名古屋之行的目的，我都一清二楚。"

墨镜绅士笑嘻嘻地把话切入正题。

"哈哈哈……这太奇怪了！你是侦探吧？不然的话，为什么调查得这么详细？"

明智小五郎毫不畏缩，脸上笑嘻嘻的，满不在乎地望着对方的脸，可他那双锐利的目光似乎可以洞察对方的心底。

"我甚至连你在三笑餐馆和什么人见面，说了什么话，我都清楚。那女人姓近藤名叫八重子吧？"

"哈哈，那个，你也清楚？你好像对我的行踪很感兴趣，请问为什么？"

"当然有原因的！"

墨镜绅士毫不含糊，直截了当地说道。

"其实，有关那件事的情况，我打算跟你商讨商讨。"

"商讨什么情况？"

对方目中无人，明智小五郎也不甘示弱，那语气似乎在告诉墨镜绅士：要说就快说，别装模作样了。

"明智，把你最近的收获都卖给我好吗？你随身带的以及这几天了解到的信息，希望你都出售给我。我身上虽然没带现金，但带着支票和支票印章。无论你开多少价，我都按你说的金额填写。怎么样，五十万日元可以成交吗？"

墨镜绅士越说越放肆。

"我想问你，你到底在说什么呀？"

"好了，我什么也不说了，希望你把那些都卖给我。我开的五十万日元价已经不低了，怎么样，拜托你了！你也别讨价还价，什么也别问，就爽快地答应吧！

"我这样做是有原因的，可以说，远远超出你想象的原因。请你拯救他们吧！因为，你有拯救他们的力量。把你一个星期以来的辛苦换成五十万日元，不也能体现你的价值吗？

"再说这样做，既不会给你带来任何损害，也不会给社会增添麻烦。那男子仅仅是自杀而已，警方也是这么定性这起自杀事件的，社会各界不也都是这样认为的吗？

"为了近藤八重子和孩子，你也说过为他们母子俩保密。眼下，调查这一秘密的就你一个人。只要你打消好奇心，什么都不会再发生。我用五十万日元换取你的好奇心，希望你不要刨根问底，到此结束好吗？"

奇怪的是，墨镜绅士居然哭丧着脸哀求了。

明智小五郎毫无表情地望着对方的表情，觉得墨镜绅士好像是鬼迷心窍了。猛然间，他察觉到了什么。

车厢里的灯光不怎么亮，对方的脸也看不清楚，可明智小五郎盯着对方的脸望了一眼，发现墨镜绅士脸上贴的是假胡子。

这家伙我好像在哪儿见过，竟然在我面前弄虚作假。虽有墨镜掩护看不清楚他眼睛的形状，但鼻子和嘴巴的模样确实是见过。他说话的声音，也好像在哪里听见过？

啊！想起来了！

这么一回忆，明智小五郎觉得眼前突然亮了起来。对了，他是近藤健三。

果然不出所料，鹤田正雄的死与近藤家有关。不然的话，一个堂堂的大实业家怎么会亲自出马跟踪名不见经传的小侦探呢！

近藤礼子也不是什么精神病患者，跟她父亲一样都是犯罪团伙的成员。

看来，前几天晚上欲潜入明智实验室的家伙，也是这个近藤健三，后来从黑暗里逃走的体型微胖的黑影，无疑也是这个近藤健三。

"求你了，明智，请说出心里的想法！如果觉得我开的价太低，那你开一个价，我按你说的价格支付。明智，能不能答应我的这一请求……"

也许墨镜绅士以为年轻的明智小五郎容易对付，便不管三七二十一硬缠着他同意。

可明智小五郎已经识破墨镜绅士的身份，无论他说什么理由，明智也决不妥协。

"你是说用五十万日元让我退出对该案的侦查吗？但你不说什么原因就要我退出，这怎么行。我调查这一事件不是为了赚钱，而是正义感在驱使我。

"告诉你吧,只要我的正义感还没有泯灭,随你怎么说我都不会中止侦查!这样吧,你与其缠着我,还不如快跟我说明原因吧。先生,我还没问你姓名呢?"

明智小五郎说到这里时紧盯着对方,不一会儿意味深长地笑着说:"近藤,你能否摘下墨镜和假胡子,让我看看你的真面目好吗?希望你别再演戏了!"

麻痹大意

　　近藤健三听明智小五郎这么一说，知道已经被识破了，赶紧摘下墨镜："哈哈哈……你知道我是谁了！我并没打算化装！我刚才从窗帘的间隙里观察你的时候，好像被你察觉到了。

　　"你是一个极其敏感的人，这我早就清楚了。我一心想与你面对面地说说话，没有半点蒙骗你的意思。

　　"就像你知道的那样，我叫近藤健三，女儿叫近藤礼子，不仅是我，就连她也给你添了不少麻烦。其实，我是充满了感激之情跟着你来到这里的。没想到自己居然以这般模样见到你，实在对不起，请原谅。"

明智小五郎被他厚颜无耻的表演惊呆了。

这家伙还真是一个好演员，千万不能马虎。

"哈哈哈……不，送小姐回家，这是我应该做的。不管你怎么想，我都不会介意……是呵，你好像也来过我家吧！

"按理你应该从大门进来，可你是翻越院子的围墙，藏到了我房间的窗户外面。这，我没说错吧？"

明智小五郎干脆打开天窗说亮话。

"啊，那情况你也知道了？没想到你的眼力果真厉害！我太难为情了。其实，我是对你充满好奇心才那样做的。说心里话，我想要那只手提旅行皮包，再说得明白一点，就是舍命也要得到那皮包里的东西。

"可我没想到你的警惕性那么高，居然把皮包存放到了银行的地下保险库里，使我不得不放弃偷盗的念头。为此，我想当面求你高抬贵手。

"我现在已经无路可走，衷心地恳求你成全我，但绝对不是硬逼你出售，也没想过要蛮横无理地对待你。如果你能答应我的请求，我将尽自己的能力感谢你。"

"你不惜一切想得到那包里的东西，那些东西对你来说就那么重要吗？请告诉我，你到底为了什么？难道为了掩盖凶杀案？"

明智小五郎不露声色地环视一眼周围，轻声问对方的同时，用眼神和表情暗示对方，意思是说，我对谁也不会说，请把秘密说给我一个人听。我只是对这秘密感兴趣而已，决不坏你的事。

近藤健三立刻否定了明智小五郎的怀疑。

"没有，没有，你想的太多了，逆向思维只会把问题想得更加复杂。其实，根本就没你想的那回事。不仅跟凶杀案无关，而且也跟什么犯罪无关。"

"什么？你说既不是凶杀案也不是犯罪？那我问你，那个叫鹤田正雄的人为什么自杀？包里的那件油画工作服上为什么沾有那么多血迹？还有，你为什么要像罪犯那样跟踪我？"

显然，明智小五郎根本就不信近藤健三所说的一切。

　　"哦，那是有原因的，可我不能对你说，就是说了你也不信。"

　　"鹤田正雄是在五重塔上自缢身亡的。应该说，寻短见的方法有许多，可他偏在三更半夜爬到五重塔上自尽，这到底为什么？

　　"那里有惊人秘密，古老的五重塔在诅咒他，在召唤他的灵魂。"

　　近藤健三说完这番莫名其妙的话，上下嘴唇便哆嗦起来。

　　"好了，我不想再提及这种事情。总之，不是你想象的凶杀案。你即便停止对这起案件的侦查，也没有什么好后悔的。好了，请答应我的请求把包让给我吧。另外，请别继续侦查了！"

　　明智小五郎什么也没回答，只是目不斜视地望着对方的脸。显然，他是不会按照近藤健三的要求做的。

　　"明智，怎么样？如果你嫌钱少我就再加一倍，给你一百万日元总行了吧。我这不是信口开河，马上就可以支付你这笔钱。我拥有多少财产，相信你也大致清楚。"

可是，明智小五郎仍然没有回答，似乎在说，我没有必要搭理你。

"哎，只要你答应，就是加到一百五十万我也愿意，我现在就写支票给你，你可以去东京银行兑换现金。"

近藤健三苦苦哀求着，不假思索地提高金额。

"不，你想错了，我不是为了钱，我的良心告诉我，不能满足你的要求。"

明智小五郎斩钉截铁地回答。

近藤健三听他这么一说，轻声吼了起来。不一会儿，他摇摇晃晃地站起来，好像想起了什么，推开房门来到了车厢的出入口。

明智小五郎一声不吭地目送着他，突然发现近藤健三侧着的半边脸苍白得像一张白纸，心里顿时不安起来。

在五重塔自尽的鹤田正雄也曾出现过这种脸

色。人一旦陷入绝望境地时，脸上的表情都会变成这样。

明智小五郎突然感觉到了什么，不由得走出吸烟室，朝昏暗的车厢出入口平台那里跑去。

"怎么了？"

近藤健三朝明智小五郎转过脸来，脸色白得更可怕了。

"胸口闷得难受，想吹吹风。"

他俩肩并着肩地站在狭窄的平台那里。

"怎么样？还闷得难受吗？"

明智小五郎用安慰的口气询问近藤健三。

他没有正面回答，继续说起了刚才的话题："听我说，明智，你如果答应我的要求，对你的名誉不会有丝毫损害，仅仅是让你丢弃好奇心而已。你难道不觉得我可怜吗？苦口婆心地请你停止侦查……难道不行吗？"

"你再怎么说也是白费口舌，我不可能满足你的要求。"

近藤健三又轻轻吼道，声音里带着愤怒和绝望的叹息声。他沉默了。列车在黑夜里飞速行驶，车身剧烈地摇晃起来。

车厢门外，狂风不停地吹进平台，吹起他俩身上的衣服。

"明智，你知道我现在想什么吗？"

近藤健三突然用十分平静的语调说，明智小五郎没有回答。

"我在等待声音的变化。"

"什么声音？"

近藤健三说这番话的声调酷似精神病患者，明智小五郎吃惊地反问。

"列车声音。"

"你说列车声音？"

明智小五郎不免担心起来，近藤健三也许发疯了？于是紧盯着他脸上的表情。

"是啊，你马上会明白的！喂，你听！是不是有响声？你说说看那是什么声音？是列车驶上铁桥的声音！"

还真像他说的那样，列车正在长长的铁桥上飞驰，传来车轮与钢轨摩擦的剧烈响声。

"瞧，就是那水！"

近藤健三挪出位置让明智小五郎观看，歇斯底里地喊叫。

明智小五郎赶紧挤到那里探出身体朝外看，打算弄清楚近藤健三究竟在看什么。

漆黑的下边好像是水流在涌动。也许是上游那里下起了大雨，使得河水快速上涨，河水迅速朝下游流动。

"你知道我在等什么吗？"

近藤健三意味深长地问明智小五郎。

"你说什么？"

由于轰隆隆的车轮响声，明智小五郎听不清楚他在说什么。

"哈哈哈……"

近藤健三一阵狂笑，接着快言快语道；"对不起，因为你不接受我的要求，迫使我不得不使出这一招。"

明智小五郎当时想的是近藤健三有可能跳车自

杀，没想过会发生其他事情。突然他觉得背部被人使劲推了一下。

他想使劲站好，可已经迟了一步。他的双脚离开了地面飞出了列车的出入口。

明智小五郎做梦也没想到，一个大公司的总经理、大富翁，居然对他下毒手。可话又说回来，他毕竟年轻，缺乏经验，刚才一直在担心近藤健三寻短见，而忽视对方对自己下毒手，太大意了。

啊，这家伙竟然加害于我！

瞬间，他明白了近藤健三的真正意图。可这时，他的身体撞上了大桥桁架，接着继续朝下坠落。

接着，又不知撞上了什么。明智小五郎觉得整个身体好像不是掉落在液体里，而是掉落在什么固体里，而且掉落的速度越来越快。

整个身体朝着水流深处不停地下沉。

当他从车厢坠落并触及水面时，列车已经驶出那里五十多米远。

近藤健三站在车厢门平台那里，听到水声后，仿佛觉得自己坠落在河里那样，全身哆哆嗦嗦地颤抖起来。片刻后，他似乎觉得什么都解决了，便迈着放心的脚步经过吸烟室回到了自己的包厢。

排列着包厢的车厢里，没有一丝声音。朝着走廊的包厢的窗帘都拉得严严实实，不时传出熟睡的鼾声。

列车在一片看不到尽头的黑暗里飞快地穿行，朝着东京行驶。

幽灵侦探

　　明智小五郎虽然几乎已经失去意识，他觉得自己的整个身体似乎在不停地下沉，又感到自己好像在水里。

　　他在黑暗里继续挣扎着，终于恢复了意识。

　　当他睁开眼睛，这才察觉到自己在水里，顿感全身被冰冷的水冻得几乎麻木。

　　咦，怎么回事？那美丽的星星……

　　明智小五郎仿佛还在睡梦中游荡，自己刚才在列车里的情景逐渐在脑海里显现。

　　近藤健三的那张脸，此刻浮现在明智小五郎的眼前。

"呃，那家伙想把我送到阎王爷那里，可阎王爷不要我，我没有死，我还活着。"

他猛然间感到自己尚处在死亡的包围中，必须尽快游出去，只要活着游到岸边就好了。

河水急剧上涨，激流猛推他那筋疲力尽的身体。他不停地抗争，一边回忆正确的游泳姿势，一边奋力游着。当他的手终于触及岸边时，他使出全身地力气爬到了岸边。此刻，他已经极度疲劳，浑身没有一丝力气，软绵绵地倒在河堤上。他想站起来，可怎么也爬不起来，丝毫动弹不了。

过去了很长时间，他的身体才逐渐恢复，东倒西歪地总算站立起来。远处的树林里，微弱的灯光在闪烁。

沿着田埂朝前走了三十米左右，找到了亮着灯的地方。这是农民的房子，虽简陋狭小，但他在这里受到了农家人的热情招待。

他一打听才知道，自己坠落的地方是安倍川。这里距离铁桥有一百米左右，是安倍川的下游。

他在农家借宿一夜，一直睡到拂晓。

第二天，明智小五郎告别了好心的农家人，在M车站前面的旅馆住下，并给东京的自己的住宅打了电话，随后坐当天晚上的列车回到了东京。

到达东京车站的这天早晨，明智小五郎从后门悄悄地潜入自己的家。

他身穿款式陈旧的旧西服，脚穿带有补丁的鞋子，被在家值班的小林撞见后，险些把他当作上门抄电表的电力公司抄表员。

"我昨天用电话让你保密我死里逃生的情况，你没对任何人说吧……"

"嗯，我当然不会对任何人说。昨天，一个叫近藤健三的人打来两次电话问你的情况，我回答说你出差了。"

小林也喜欢冒险，一口气说完了。

"呵，你是说近藤健三打来两次电话？那家伙在担心呢！好吧，在这段时间里，你就对外说我在出差吧！"

"先生，到底怎么了？你出门时穿着一套崭新的西服，回来怎么变成了这种西服，还这么旧……还在M车站前面的旅馆借宿，一定出什么事了？"

小林不可思议地歪着脑袋问。

"情况是这样的。"

明智小五郎非常信赖助手小林，把昨天的经过简单地叙述了一遍。

"所以，近藤健三担心极了，害怕我死里逃生而后返回东京。可他昨天打来两次电话，听到我还没有回来的消息，肯定认为我不可能回来了。小林，我平安回来的消息，今后也绝对不要对他说，让他认定我已经消失在安倍川了！再过几天等到他觉得高枕无忧的时候，我准备详细调查他的行动。也就是说，我这个离开人间的'幽灵'开始对他进行侦查！"

"什么？你是'幽灵'？"

"是的！近藤健三深信我已经死了，那我就在他的周围展开侦查，等于他被我这个'幽灵'缠住了，难道不是吗？哈哈哈……"

明智小五郎大声笑起来。

"小林，对于我来说，以'幽灵'的方式展开侦查还是有生以来头一回，难度挺高，随时会有生命危险。因为，近藤健三为保住秘密一定要铲除我这样的人。

"我险些死在近藤健三的手下，可我不把他交给警方。对于我这样的行为，你可能觉得我姑息养奸或者做法不妥。不用说，我只要把我在列车上的遭遇向警察通报，他杀人未遂的罪名很快就会被认定进而锒铛入狱。

"可目前，我已经把个人的生死置之度外，根本不在乎经历过什么样的遭遇。现在把他交给警方太可惜了，因为案情还没有突破性进展。我已经有预感，这起自杀事件的背后藏有特大案件。

"在这一秘密未公布之前，我是不会罢休的。今天，近藤健三也许还会来电话。你还是回答说我没回来，进一步麻痹他，明白了吗？"

明智小五郎吩咐完小林后，便走进卧室一直睡到傍晚才起床。

就像明智小五郎预料的那样，近藤健三白天又打来电话，小林芳雄还是原来的回答。

面面相觑

那天晚上十点钟。

距离近藤别墅十米左右的黑暗里，停有一辆轿车，里面坐着司机，后排座位上没有乘客。

司机停车后走下来，神态自若地朝近藤别墅走去。

司机不是别人，就是化了装的明智小五郎。

自称"幽灵"侦探的明智小五郎开始行动了。

经过前些天的深入调查，他对近藤父女俩及其家庭情况已经了如指掌，但还未潜入住宅内侦查，可他总觉得擅自潜入他人的住宅并进行调查是极不礼貌的。

自从安倍川事件发生后，他现在不再有那样的顾虑，决定尽可能地靠近对方，观察对方的一举一动。

近藤别墅的大门关闭着。他快速地扫视了一眼周围，确认周围没有人后，像猴子那样翻越大门进入了院子并悄悄地靠近了别墅的主楼。

近藤健三的客厅和卧室在二楼。明智小五郎穿过草丛绕到后院，潜到了近藤健三的房间的窗户下。

抬头望去，客厅里亮着灯光，不用说，近藤健三在房间里。

明智小五郎又环视四周，距离他四五米远的地方矗立着一棵大树，上面伸出的树枝距离近藤的房间仅三米左右。

他脸上露出了笑容，双手抓住树干，一骨碌地爬到树梢上。明智小五郎骑在粗树枝上，朝旁边拉开挡住视线的小树枝，隔着窗户朝房间里窥视。

窗帘敞开着，房间里的情况一目了然。

近藤健三坐在桌子前，手握电话听筒正在打电话："喂，喂，你是明智吗？什么，你是值班的？"

玻璃窗户的间隙尽管不是很大，但近藤健三的说话声可以听得很清楚。

明智小五郎就埋伏在窗外的大树上，这是近藤健三做梦也没想到的。只见他还对着电话大言不惭地说："我是近藤健三，经常给你们添麻烦。其实，我有急事登门拜访明智，不知他回来没有？"

这是他第六次给明智小五郎的住宅打电话了，明智小五郎是死是活至今也无法核实清楚。连日来，他寝食不安，犹如热锅上的蚂蚁。

"噢，他还没有回来？那，收到过他写来的信吗？他大概什么时候回来呢？还没有回来……他出去的时候说过什么时候回来吗？什么……说过前天回来……那就怪了！

"如果迟几天回来，按理应该打电话或写信告诉你的……什么？你是说他过去不是这样的？如果推迟回来，肯定来电话或来信。哦，原来是这样，那好，再见……"

近藤健三挂断电话后突然起身，在房间里踱起方步来。

他抬起头凝视着天花板，像机器人那样不停地来回走着，显得焦躁不安。

片刻后，他张开嘴不知说了什么，声音轻得听不见。突然，他叹了一口气，声音很响，紧接着把双手插入头发里用力地抓了起来。

他又走到窗前，将玻璃窗户猛地朝两边推开，窗框碰在两侧的外墙上，发出很大的响声。紧接着，他探出上半身大口大口地深呼吸。

明智小五郎则屏住呼吸，从树叶的间隙里紧盯着他的这番举动。

两张脸凑巧在同一高度，只是位置不同，一个站在窗前，一个骑在树上，间隔距离仅三米左右。杀人凶手和死里逃生的被害人，在同样的高度。

"我如果把脸伸出树叶的间隙，他会是怎样的表情呢？"

明智小五郎突然冒出这个想法。

虽说危险，可捉弄近藤健三的想法立即占据了整个脑袋，好像在催促他这么做。可与此同时，耳边又似乎响起了反对的声音。然而这时，他的双手已经不经意地把树枝拉向两边。

不用说，近藤健三听到了枝叶相互碰撞而发出的响声，吃惊地瞪大眼睛望着黑暗里的树枝。

树上仿佛挂着一颗人的脑袋。

终于，两个人互相看见了对方。

明智小五郎突然笑了，近藤健三见状，脸上的五官立刻扭作成了一团。

一张充满恐惧的脸！

霎时间，近藤健三张大嘴巴如野兽般地大声吼叫着，身体摇摇晃晃地直往后退。不一会儿，他重新振作精神，战战兢兢地走到窗前。

树上出现的那张脸，肯定是自己的幻觉。不管怎么说，明智小五郎的那张脸不可能悬挂在树梢上。

近藤健三的脸上惊魂甫定的表情似乎在安慰自己，全身晃个不停，两眼紧盯着黑暗里的东西。

魂飞魄散

近藤健三像铁笼子里的困兽，在二楼的客厅里不停地转来转去。

他杀人了。

为了保住这个重大秘密，他把青年侦探明智小五郎从奔驰的列车上推入了安倍川的激流里。由于上游那里下着暴雨，使得河水猛增、水流变急。

青年侦探掉落到那样的激流里，生还的可能性应该是没有的。可是，明智小五郎万一死里逃生返回东京……

近藤健三想到这里，紧张得惶恐不安。

我为什么要这么傻呢！无论秘密多么重要，我也不该动手杀人啊。杀了人，早晚会被抓到。到了那种地步，那重大的秘密也会暴露，相反自己还犯有杀人罪。

这么简单的道理，怎么就……唉，当时自己被气糊涂了，把大家都明白的利害关系抛到了九霄云外，简直像疯子！当时满脑子装的是，只要明智小五郎从这个世上消失，一切问题都解决了。

近藤健三双手插在头发里一个劲地抓着。

嗨！我如此忧心忡忡，是不是在自寻烦恼？明智小五郎肯定已经被淹死了！从被我推入安倍川到现在已经过去两天了，他不可能再回到人间。

再说，我已经打了多次电话到他家，都是那个值班的小林助手接电话，回答说明智先生还没回来。

无疑，明智小五郎的尸体被冲到下游了。当时，他身上穿的仅仅是包厢里专用的睡衣。那件睡衣里，不可能放有证明他身份的证件。报上至今也没刊登他的死亡消息，多半是无法弄清它的真实身份。所以，也无法与明智小五郎的家人和那个小林助手联系上。

近藤健三自问自答，重复考虑了许多遍，可还是放心不下，头上大汗淋漓，脸色更加苍白，脑袋仿佛在燃烧着。

他打算借助窗外的冷空气降温，走到面朝院子的窗前，打开玻璃窗，任凭冰冷的空气在脸上抚摸。

猛然间，他察觉到树上的部分树叶在晃动，可窗外没有一丝风。

他吃惊地瞪大眼睛并注视着那里。这时，黑夜笼罩的树叶之间突然出现一张又白又圆的脸。令他格外吃惊的是，那是他最担心的明智小五郎的脸。

近藤健三顿时像孩子那样悲伤地叫喊，又极力把声音堵在喉咙里，可还是没有克制住，既不像呻吟又不像吼叫的悲鸣声从口腔里跑出。

不过，这仅仅是一刹那的反应。他尽最大的努力安抚自己的情绪后再次朝那里观察，可那张脸已经不见了。

近藤健三连眼前的黑暗也感到恐惧。

刚才的一幕，也许是他心理作用而形成的幻觉。退一步说，明智小五郎就是还活着，也不可能这样骑在黑夜笼罩的树上……

他这样思索着，继而又怀疑起自己的大脑来，一定是产生了幻觉。

是不是患精神疾病的前兆？

他急忙离开窗前走到房间里，可心里的不安感越来越强烈，仿佛被幽灵缠住了。

他坐到桌子前随手拿起听筒，拨通电话后大声喊道："喂，是三田村吗？我是近藤健三！我想马上见到你，现在就去你那里，会不会影响你休息呀……嗯，就是为那事。我想跟你好好合计合计，嗯，见面后详细说吧！其实，我现在的处境十分艰难……那好，我现在坐车去你那里！请起床等我！"

近藤健三放下电话听筒，匆匆忙忙地走出房间并朝楼下走去。

十分钟后传出引擎声，司机将车从车库驶到主楼的玄关前面。不一会儿，近藤健三打开车门坐到了后排的座位上。

随即，轿车沿昏暗的住宅街朝涉谷站方向飞驰。

那辆轿车驶离别墅约三十米的时候，从街角围墙的角落里无声地驶出一辆轿车，没有打开夜间行驶灯，但尾随在近藤健三的后面。

后面的车上只有司机没有乘客，不用说，他是明智小五郎。

他从树上一骨碌地下到地面，抢先回到了自己的车上，隐藏在横巷的围墙边。

近藤健三压根儿没察觉到背后有"尾巴"，沿街道不时地转过一个又一个拐角，朝青山方向行驶。终于，近藤健三的车停在某条大路背后的拐角处。

这是一条参差不齐的旧住宅街，每幢住宅周围都是陈旧的黑色板制围墙，墙上布满了青苔。

近藤健三下车后，朝一扇大门走去。

尾随追踪到这里的明智小五郎，把车停在五十米远的地方，悄悄来到这幢二层别墅附近。

可那里停着近藤健三的轿车，他的司机正在警惕地监视着周围的动静，使得明智小五郎无法靠近大门。

明智小五郎躲在围墙外面，耐心地等待近藤健三出来。可他进去很长时间了，就是迟迟不出来。

不能这样干等着！干脆记住这幢别墅的地址，明天找个借口拜访这家的主人。

他离开躲藏的地方，朝自己那辆车走去。

就在这时，对面出现一个黑影，快速地朝这幢二层别墅跑来，不一会儿消失在大门里。

黑影已经进入别墅的院子里，速度快得令明智小五郎瞠目结舌，根本看不清那家伙的体形和长相。无疑，这家伙不是一般的来客，也不是这幢别墅里的人。无论从哪个角度分析，这家伙是担心被别人看见。

他是谁？近藤健三和这家主人的商量结果，可能是通知这家伙来这里？现在，三个人凑在一起了，也许是有什么重大决定？

明智小五郎想听听他们商量的主题究竟是

什么。

于是，他从横巷绕到别墅的背后，寻找他们秘密碰头的房间。可左右以及背后都挤满了其他别墅，根本无法潜入。如果一定要进去，唯一的入口就是大门。

可近藤健三的轿车还停在门口，司机开着车门靠在驾驶席上，要从大门进入别墅是无法避开司机的视线的。他深感遗憾，不得不打消这个念头。

着急地等了约三十分钟后，会谈似乎结束了，近藤健三从大门出来，钻入车里。

明智小五郎见状也赶紧走进自己的车里。

他考虑了一下，近藤健三要回住宅，应该是按照来的路线行驶，自己必须先离开这里。要继续跟踪近藤健三，只有这样做。

这时，他的脑海里又浮现出再次捉弄近藤健三的念头。

这家伙让我被迫等了这么长时间，作为"礼节"得再次吓唬吓唬他。

明智小五郎快速地关闭夜间行驶灯，等待近藤健三的车靠近。

片刻后，近藤健三的车缓缓驶离别墅，从明智小五郎的轿车旁边通过。出人意料的是，那辆车刚驶过五六米，突然急刹车停住了。

近藤健三觉得这种地方在这种时候停着关闭车灯的轿车是不可思议的。或许，他觉得驾驶席上的司机有点面熟？这时，他居然独自跳下车，步行朝明智小五郎的车走来。

为了核实车里的情况，他绕到明智小五郎的车前，瞪大眼睛朝里窥视。猛然间，他把目光移向驾驶席。

就在这时，近藤健三吓得直朝后仰，两只脚几乎要跳起来。

驾驶席上，明智小五郎那张白静的脸上浮现着微笑。

近藤健三惊愕得目瞪口呆，举起双手在眼前摇晃。

"明智，请原谅！"

他像说梦话那样嘟哝着。

他并不认为明智小五郎还活在世上，觉得出现在他眼前的是明智小五郎的"幽灵"。

被杀人罪百般折磨的他，感到不管去哪里，明智小五郎的幽灵始终缠着他。他转过身拼命地逃回车里，像趴在地上那样伏在前排座位的靠背上。

进退两难

近藤健三的轿车急速驶离后，明智小五郎没有追上去，而是改变主意朝别墅的大门走去。他大摇大摆地走到那里，打算见一下这家的主人。

无疑，那个黑影还在这幢别墅的某个房间里。好在这个家伙并不认识明智小五郎。第一次登门拜访，时间太晚，不过搪塞的借口还是能找到的。

院子里欧洲风格的二层别墅玄关，正面朝着大门。明智小五郎走到玄关跟前，见紧闭着的玻璃门上的玻璃已经破碎，好在门内侧没有上锁，可以轻松地移开。

“对不起！”

明智小五郎刚打招呼，门开了，明亮的灯光下出现了一个外表古怪的中年男子，长头发，小胡子，身着白色绘画工作服。

“谁？”

男子语气生硬地问道。

“我刚才路过这里时，看见一个可疑的黑影窜进贵府，觉得应该请您留神，特来向你通报。”

“你说什么？可疑的黑影？”

画家用责问的口气大声反问道。

“是的。光线太暗，因此没看清那个人长什么模样，反正是一个身穿黑色服装的可疑人影。”

“大概是小偷吧？哈哈哈……我的住宅里没有小偷看中的东西，尽是一些用剩的油画颜料。”

果然是画家！明智小五郎瞬间觉得这画家与五重塔自杀的鹤田正雄有关，而且关系还很大。皮包里那件沾有血迹的绘画工作服，也许就是这家伙过去穿的。

他打算找借口与这个可疑画家聊聊，从中找到破绽。

"如果你觉得无关紧要就算了，反正我认为应该让你知道，提醒总比不提醒好……对不起，你好像是画家吧。我是刚搬到附近居住的邻居，虽不是什么内行，但我喜欢画，想知道先生的大名。"

明智小五郎开始编造借口纠缠这个可疑的画家。从外表看上去，对方好像是爽朗的性格。他的脸上并没露出奇怪的表情。他不仅爽快地回答，而且声音洪亮。

"我叫三田村，不是一个聪明的画家！你喜欢画？那好吧，可以给你看我的画。"

已经这么晚了，明智小五郎如此纠缠他，可能会让这家主人感到可疑。可这家主人非但不觉得可疑，还大大方方地邀请陌生人深夜欣赏他的画。看来，这家伙十分可疑。

"别见怪！家里就我一个人，也没其他人，来，请跟着我！"

说完，他走在头里带路，明智小五郎迅速地脱下鞋跟上去。

门对面的那个房间很大，天花板很高，是画室。

四周的墙上挂有大大小小各种规格的镜框，每个镜框里都有画。

明智小五郎没说话，一幅画一幅画地欣赏。他发现这些画有共同的可疑之处，猛然间似乎明白了什么。

瞧！二十多幅画的题材都是五重塔。

有大的，有小的，有的是五重塔全景，有的是五重塔的侧面，有的是五重塔的远景，有的是五重塔的近景。

明智小五郎盯着一幅最大的五重塔油画仔细地观看起来，发现塔顶檐下悬挂着黑色物体。该物体比五重塔四个角上悬挂的风铃大许多，有头有手有脚，像人的模样。

明智小五郎差点叫出声来，这与那天晚上看到的情景十分相似。

绘制这幅奇怪的油画时，这个画家是站在什么位置观察五重塔的呢？

从外表看，这些画似乎都已经很久了。也许，这奇怪的画家数年前就已经预感到五重塔上将有人上吊自尽。或许，画家仅仅是偶然间站在那样的位置画了五重塔的这个情景。

明智小五郎将视线移向下面的那幅画。

这幅画更可怕！是用彩色粉笔绘制的，画的是五重塔顶的屋檐一角，屋檐下悬挂着一个占据整个画面的自尽男子。

可画里的男子不是鹤田正雄，而是身着立领服装年龄不到二十岁的学生。

仔细看完后，二十多幅画里的大部分主题，都是那个自尽男子。

三田村画家笑眯眯地紧盯着明智小五郎的脸，用嘲笑的口吻问道："怎么样？喜欢吗？"

"嗯，当然喜欢了！说实在的，这题材太好了，我还是头一回见到这种超常画。虽主题基本相同，但表现方式不一，简直妙不可言。"

明智小五郎密切地注视着对方的表情，连连称赞。

"哦，照这么说，你很喜欢这样的画？要是真喜欢，我可以送你一幅！"

"那太好了！请无论如何送我一幅。可你怎么会大量创作这样的画嗬？是不是亲眼见过这样的情景？"

"没有，是想象。我从童年时期就对这样的画感兴趣，经常做这样的梦！哈哈哈……"

明智小五郎望着对方歇斯底里般的笑脸，不停地眨着眼睛，脑海里猛地闪现出试探对方的念头。

"我亲眼见过这样的情景，我想你大概也一定知道，就是不久前发生在五重塔上的自缢身亡事件。我是偶然经过那里看见的，那情景与这幅画有惊人的相似之处。

"我刚才还以为你是站在五重塔前当场写生的呢……不用说，那个上吊男子的脸和服装与这画上的人完全不同。可是……"

"噢，我也对那起自杀事件饶有兴趣，早就想饱眼福呢！你真是好运气！可是，等一等，那起事件好像是半夜里发生的吧？"

"是的。我在朋友家玩到深夜，回家路上凑巧经过五重塔的前面。当时，那里因为发生了自杀事件，四周围着许多看热闹的人。"

"呵，有那样的怪事！对，我知道有人跟你一起目睹了那起事件……"

三田村好像话里有话，脸上堆满了笑容。

"是真的吗？他是谁？"

"是一个讨厌的家伙，叫明智小五郎。"

"什么？"

明智小五郎被这意想不到的回答吃了一惊，脱口反问，觉得脸上的表情不由自主地跟着变了，似乎不打自招：我就是明智小五郎。

"哈哈哈……明智那家伙也愚蠢，非要拘泥于那起自杀事件，还想入非非地说与重大犯罪有关，整天东奔西跑地到处调查，既无意义，又浪费宝贵的时间。

"退一步说，即便与犯罪有关，像他那样初出茅庐的小伙子，又能搞出什么名堂来！我看他还是金盆洗手别浪费时间和精力了。如果他还是执迷不悟，恐怕就是搭上几条命也不够！哈哈哈……"

画家嘲笑般地摇晃着肩膀，放声大笑。

"是吗？可我觉得那起事件与重大犯罪有关。我如果也像明智小五郎那样喜欢侦探，大概也会玩命侦查的。"

明智小五郎不甘示弱，与对方针锋相对，鲜明地亮出自己的观点。

"哼！你这人说话还真奇怪！那好，我有一样东西给你看看。来，请跟我来！"

三田村一边说一边朝墙靠近。

墙上交叉挂着两把长剑。

三田村走到那里，伸长手臂取下一把剑拿在手里。

"我喜欢西方剑，也学过一点剑术！西欧的古代人，都是用这种剑决斗的，直到剑头刺入对方胸膛为止。"

他一边说一边用左手捏住剑头，把富有弹性的剑弯曲成弓一般，眼睛里充满了敌意，恶狠狠地盯着明智小五郎。

"哈哈哈……你这画家变得越来越有趣了！听

了你这番话，让我觉得你对五重塔饶有兴趣。瞧你这兴奋不已的模样，你是想说用这把剑刺杀明智小五郎吗？"

"他如果不按照我说的回心转意，我也许就会用这把剑结果了他？看，就是这样干掉他。"

三田村甩动着长发吼道，同时猛地伸长手臂，两只脚各自朝着左右呈"大"字叉开，举起左手，而右手却将剑朝着明智小五郎的胸部直刺而来。

"喔！你干什么？你这样做不觉得危险吗？"

明智小五郎不由得摆开迎战的架势。

两个人都呈交战姿势，僵持了好一会儿。

"哈哈哈……开玩笑，开玩笑的哟！别担心，我不会随意模仿，不会模仿在铁桥上把明智小五郎推下河的动作。"

"什么？铁桥？"

听对方说出的这番话，好像已经什么都知道了。这时，明智小五郎不由得心慌意乱起来。

"嗯，是在铁桥上！那个叫明智小五郎的人被推到河里。可这家伙命真大，竟然没被淹死！遗憾的是，这家伙还不接受教训，又继续干起了危险的事情。

"我想劝他小心点好，如果不趁现在退出，下面轮到他的，那就是死亡。我可以忍耐，可这个凶狠的家伙不允许我忍耐。

"瞧，那家伙现在就隐藏在黑暗里，是一个像野兽那样吃人不眨眼的家伙。"

三田村手指着玻璃窗的外面。

明智小五郎担心起来，朝窗前靠近一步，透过黑暗紧盯着窗外。

院子里显得很荒凉，杂树林的树枝相互拥挤着，杂草长得与腰部差不多高。那里，趴着一个大而黑的生物。

三田村没有撒谎。

随着眼睛习惯黑暗后，那大而黑的生物在明智小五郎的眼睛里变得逐渐清晰起来，原来是一个身着黑色服装的家伙。下半身被杂草遮挡，目光紧盯着他俩。黑暗里，只见这个脸色苍白的家伙右手上握着一把短剑。

"明白了吗？那家伙精神错乱，会不顾一切地夺走明智小五郎的生命。我根本不是那家伙的对手，要是不让那家伙犯杀人罪，除非明智小五郎洗手不干。你知道我说的意思了吗？"

三田村闪着凶恶的目光，语气变得强硬起来。

对了，那家伙肯定是刚才潜入这幢别墅的那个黑影！

霎时间，明智小五郎已经明白那家伙是谁了。瞧那把形状怪异的短剑以及那张美丽的脸蛋，不就是那个漂亮姑娘近藤礼子吗？

怎么办？如何才能摆脱眼前的危机？明智小五郎的额头上开始冒汗。近藤礼子手上的那把短剑，随时有可能飞向自己的胸膛。还有，旁边这个怪画家手中握有锋利的长剑，还不停地晃动剑头，发出奇怪的响声。

身陷囹圄

　　明智小五郎站在窗前，两条腿似乎变成了烧火棍，怎么也动弹不了。

　　如果视线从窗户那里移开，近藤礼子手上的短剑肯定会朝自己飞来。

　　可怕的僵局大约过了两分钟，明智小五郎忽然觉得背后有暖暖的感觉，随即察觉整个身体被紧紧抱住了，与此同时，双手失去了自由。

　　"啊！"

　　他大声喊叫。这时，隐藏在杂草丛里的近藤礼子朝他跑来。

明智小五郎拼命挣扎，可脑袋麻木得不听使唤了，浑身使不出劲来，最后失去了抵抗的力气。

当他终于清醒的时候，察觉到自己的整个身体躺在了画室的地上。

双手双脚完全失去了自由，连翻身也不行。

两张脸正俯视着他，一个是画家三田村，一个是漂亮姑娘近藤礼子。

"哈哈哈……明智小五郎就这样败北了！怎么样！我讨厌你现在这张毫无血色的脸。害怕了吗？哈哈哈……其实呀，你不必感到恐惧，我们可没有杀你的打算，只要你按我说的做就可以了。

"说得再清楚一点，请你不要再调查这起自杀事件。当然，光口头约定不行，要书面保证。明天，你和我一起去M银行总行，从地下保险库里取出那只皮包交给我，还要保证今后抛弃调查那起自杀事件的好奇心。

"听明白了吗？如果你不同意，就别怪我们手上的武器不认人。我不喜欢杀人，可这家伙喜欢沾血。好了，快回答！"

三田村把长剑弯成弓状再猛地将它展开，剑立即发出响声，双刃剑在灯光下闪着寒光。

　　近藤礼子把手绕在背后，也许手上握着那把短剑，美丽的脸上充满杀气腾腾的血色，目光咄咄逼人，完全处在精神错乱的状态里。

　　"喂，快回答……喂，为什么一声不吭？咦，你在看什么？"

　　三田村好奇地问。

　　"我在看你右手上的食指。"

　　躺在地上的明智小五郎开始说话，语气平静。

　　"哼，你明白这个情况？"

　　三田村稍迟疑了一下，但立即又放肆地笑了。

　　"那大概是你的手指吧？由于你手的动作很隐蔽，我一直没有发现。但从下面往上看，就什么都明白了，你那是橡胶食指吧？"

　　"是又怎么样？"

　　"看到你的食指，使我想起一件事来。那包里凑巧有你穿的工作服，衣袋里有食指，当然是人的手指。不管怎么看都像人的食指。"

"你说那件工作服是我的？你还想说那手指是我的？"

"是的，如果是偶然，那实在太巧了！"

明智小五郎满不在乎地说，语气平静，吐字清晰，这是他的特征。他只要一遇上重大事情，相反会更加镇定和从容。

画家三田村，就是用绳索捆绑明智小五郎的家伙。

他猛地拽下右手上的食指给明智小五郎看，可明智小五郎的眼睛里丝毫没有胆怯的目光。三田村扯下橡胶食指，食指部位六七厘米。

"怎么，你喜欢橡胶食指玩具？哈哈哈……我打孩提开始，别人就给我起了小淘气的外号。

"你好像不信？那随你怎么判断都行。现在摆在你面前最重要的，是下决心不再探究那起事件的秘密。好，快回答我的提问！你大概不太珍惜自己的生命吧？"

明智小五郎紧闭着双唇回答，满脑子在思考着怎样才能尽快地逃出虎口。

就在这时，电话铃声响了。

三田村和近藤礼子一听到电话铃声，不由得相互望着对方。三田村好像讨厌接电话，不耐烦地打了一个响舌后随手拿起桌子上的电话。

"什么？为什么又出现那种情况了？是不是你自己又产生幻觉了？好，我立刻去你那里。礼子小姐跟我立即赶到你那里！已经通知警方了吗？嗯，原来是这样？在我到达前不要通知……再见！"

放下电话听筒的三田村，满脸惊讶的神色。

"你过来一下！"

他把近藤礼子喊到房间的角落，附在她耳朵上轻声地说着什么。

"你说什么，是真的吗？那怎么办？"

近藤礼子扭动身体伤心地叫嚷起来，表情像幽灵那样可怕。

"是诅咒，是五重塔诅咒！那家伙从五重塔朝外面打手势。我实在不明白，也许那就是我的命？"

三田村双手抓住长发疯狂地吼叫。

"现在也顾不了那么多了，快去那里！暂时把这家伙塞在壁橱里，他的手脚被捆绑得结结实实的，他是绝对逃不掉的。"

三田村抱起躺在地上的明智小五郎，朝壁橱那里拽着。

"也许就是这家伙闯的祸，我觉得所有的一切都怪这家伙！三田，我想把这支短剑刺入这家伙的心脏。"

近藤礼子走到明智小五郎的跟前，用愤怒的目光盯着明智小五郎吼道："等我们回来再收拾他也不迟，我们现在还是快赶路吧！快把壁橱的门打开！"

近藤礼子无可奈何，按照吩咐打开了壁橱门。

"你躺在壁橱里给我放老实点！刚才跟你说的事，回来再跟你商量。你最好认真思考一下，是放弃好奇还是放弃生命？"

啪！壁橱门被关上了，随即传来门被反锁的响声。片刻后，两个人的脚步渐渐远去。

明智小五郎从他俩的言谈举止中猜测到了事情的大概。

他在昏暗的壁橱里想象着各种各样的场面，全身不由得剧烈颤抖起来。

是呵，肯定是五重塔在诅咒！

明智小五郎在黑暗里描绘起五重塔此刻的情景来。

那里尽是枯树林，奇形怪状的枯树朝四处张开。

树林里，耸立着有点倾斜的五重塔。

枯树中间的羊肠小道上有男子跌跌撞撞地走着，是近藤礼子的父亲近藤健三！不一会儿，近藤健三沿五重塔的外墙朝上攀登，仿佛整个身体被一双大手向上提着。霎时间，近藤健三也像画室墙上的那些油画里的情景一样，悬挂在五重塔顶的檐下。

五重塔顶的屋檐部分，像电影的特写镜头那样浮现在明智小五郎的眼前，就像刚才见到的那幅油画里的情景一样。

近藤健三的脑袋变得越来越大，满脸魂不守舍的表情，朝着明智小五郎吼道："我是被你杀害的。我原想杀你，却反被你杀了。与其整天被你吓得提心吊胆，还不如去死，幸亏我已经找到自己喜欢的塔。我已经飞到五重塔顶了！你给我记住！是你逼我上吊的！"

明智小五郎觉得近藤健三的叫喊声就在耳边回荡，不由得回想起一个小时前自己在车里吓唬近藤健三的情形。此时此刻，他那张魂飞魄散的脸正浮现在自己的眼前。

这是一张被死神紧紧缠住的脸。

明智小五郎为自己踏入这么一个可怕的世界而浑身直打哆嗦。

鹤田正雄，工人打扮的流浪者，在五重塔上自缢身亡。大富翁近藤健三，紧随其后，也在五重塔上自缢身亡。近藤礼子这个美丽的姑娘，像渴望人血的猛兽那样挥舞着短剑。这些人的好友三田村，画的尽是五重塔上自尽的男子。所有的这一切究竟意味着什么？其背后到底藏着什么秘密？

三田村说五重塔在诅咒。看来，他们的秘密与塔有关。这座古老的五重塔，似乎伸出人们肉眼看不见的黑手在"杀人"。

明智小五郎的想象，不一会儿被自己彻底否定了。大脑在不停地思索，双手也在努力挣脱绳索。渐渐地，绳索松了，自由恢复了。

一回到现实的他，赶紧用获得自由的双手解开脚上的绳索。

可壁橱门被反锁了，怎么也推不开。

糟了！怎么办？

他摸了一下周围的墙，有多种道具相互碰撞而发出的响声。他赶紧在这些道具中摸来摸去，找到了一根木棍。

太好了！有这个，看我的！

他把木棍握在手上，朝着壁橱门的内侧使劲击打。

秘密会议

不一会儿，传来壁橱门的破裂声。

画家三田村和漂亮姑娘近藤礼子的行踪，明智小五郎完全清楚，他要追上去找到他俩，弄清真正的秘密。

壁橱门终于被打破了，明智小五郎立即离开画室，朝门外五十米远的横巷那儿跑去，自己的轿车就停在那里。

他沿刚才来的那条路，朝相反的方向驶去，不一会儿到达涉谷的近藤别墅。他没把车停在门口，而是把车隐藏在旁边的横巷里，随后走到近藤别墅的大门前，可大门紧闭，只有边上的小门与门框之间有五厘米左右的间隙。

穿过小门沿着主楼的墙壁绕到后院，只见所有的窗户都是关闭的，房间里没有光线。

明智小五郎继续朝里面的日式楼走去，忽然听见前面昏暗茂密的树林里有人说话。他赶紧隐藏在旁边的大树背后，侧耳倾听。

"那好，我去，你在这里看护你父亲。"

"大概不会有什么不测吧？"

"不会的。听说医生已经接受了，你就没有必要担心了。好在没有通知警方，我们可暂时歇口气，单凭我俩还无法解决，得立即与他们商量……"

"可是，现在已经两点了吧，今晚就别回去了，住在我家好吗？"

"不，不行！青木说他马上来，我打电话告诉他，他说无论如何要与我面谈！还有，被关在壁橱里的那个家伙……"

这是三田村和近藤礼子相互间的悄悄话，虽不清楚青木是谁，但三田村说的壁橱里的那个家伙无疑是指明智小五郎。

可他俩为什么要在这种地方说话呢？

看来，事情是在日式楼里发生的，近藤健三正在那里接受医生和用人的护理。因此，三田村和近藤礼子没有从西洋楼走过，而是直接从院子里去日式楼的，结果在经过院子返回大门的途中遇上了。

明智小五郎从他俩的对话里觉得，可能是这样的原因。

照这么说，近藤健三不是像自己推理的那样去了五重塔，而是有可能在日式楼的屋檐上吊自尽。看到这幢高级而富有气势的日式楼的楼顶形状，确实让人情不自禁地联想起五重塔来。

近藤健三多半被屋顶的造型吸引了。

透过黑暗望去，矗立在杂树之间的那幢日式楼黑乎乎的；屋脊上排列着的瓦片宛如抑扬顿挫的曲线高低起伏，酷似五重塔顶。

"你是坐我家的轿车去吗？"

"嗯，我已经通知司机，让他立即把车开到大门口。"

三田村边回答边迈开脚步朝大门走去。

明智小五郎听他这么一说，立刻决定跟踪三田村。他蹑手蹑脚地从树的背后闪出，快速地跑起来，他要赶在三田村前上车。

一路上十分顺利，明智小五郎赶在三田村之前来到了大门口，发现大门敞开着，门内侧停着一辆随时准备出发的轿车。

可周围没人，车周围也没司机的影子。

明智小五郎突然朝轿车跑去，打开车门钻入后排座位，弄倒靠垫后隐藏在背后的大间隙里。

理应还在画室壁橱里的我，居然隐藏在车上。这，三田村恐怕做梦也不会想到，在这里，我可以清楚地观察眼前的三田村的一举一动。太好了！

接下来，画家三田村应该是去拜访那个叫青木的人。不，他应该会先去画室，当看到壁橱门被砸的时候肯定会惊恐万状！

不一会儿，轿车飞驰起来。明智小五郎隐藏的空间本来就不大，车启动后突然变得狭窄起来，肩膀和腰部被压迫得既疼痛又难受，简直难以忍受，可眼下就是再痛苦也不可能从车上逃走了。明智小五郎咬紧坚持着。

轿车时而朝左转时而朝右转，行驶了很长时间才好不容易停下。

"我马上就回来，你就在这里等！"

三田村对司机说完就下车走了。

明智小五郎总算可以调整隐藏的位置了。

这车好像行驶很长时间了，应该是停在画室的门口了吧？此时此刻三田村一定大吃一惊！我真想看看他那张气急败坏的脸。

明智小五郎已经忘了一路上的难受，嘿嘿地笑了。

不一会儿，外面传来急匆匆的脚步声，距车越来越近，随后是震耳欲聋的关车门的声音，不一会儿，一个很沉重的东西压在靠垫上。

"喂，加大马力！越快越好！出大事了！没有跟踪我们的车吧？一定要留神后面有没有'尾巴'！"

前面传来三田村上气不接下气的说话声。

看见壁橱里空荡荡的他，肯定是惊讶不已。

"嘻嘻嘻，这画家还以为我驾车跟踪他呢！殊不知我是坐在他的车上跟踪他。这愚蠢的画家，一定不会想到我跟他同乘一辆车吧。"

明智小五郎为自己的妙计而洋洋得意，尽管趴在地上浑身难受。

轿车又如箭一般地飞驰起来。霎时间，明智小五郎又开始饱受刚才那样的煎熬。

车还没行驶多久，就听见三田村喊道："到了，到了，就是这里，停车！"

于是车停了。明智小五郎估计了一下时间，车大约开了十分钟。

"也许等待的时间会很长，你就跟我进去在里面等吧。"

他对司机说完，随后就推开车门下车了。接着，司机也离开驾驶席来到车外。两个人的脚步声渐渐远去。

明智小五郎听到声音消失后，赶紧推开靠垫，直起麻木的身体钻了出来。

车停在一幢豪华的欧式别墅跟前，屋顶屋檐非常气派，玄关就在眼前。

这幢住宅比近藤别墅还要豪华！青木到底是什么人？

他快速地隐藏在车身底下，仔细观察别墅的周围。

他们肯定在别墅最里面的房间商量事情！自己最好能在窗外听他们说话。

别墅的水泥围墙外边有一条小道，明智小五郎踮起脚尖沿小道朝里走。

小道弯弯曲曲的，前面是紧闭的木门。明智小五郎推了一下，门岿然不动，好像上了锁。

无可奈何，只有翻越围墙进入院子了。

围墙里面是宽敞的院子。

他沿着主楼旁边的院子朝里走去。

突然，他看到前面的树林里有模模糊糊的光线。

他走到窗户下面踮起脚尖偷看，从这间隙可以清楚地看见房间里的情况。

外面那个房间是富丽堂皇的欧式风格，天花板和墙壁上的装饰色彩以及家具等，酷似外国电影里经常出现的豪华房间。中间的那张桌子周围坐着三个男子，正热烈地谈论着什么。

其中一个是三田村，与他面对面坐的好像是这家的主人。主人脸朝着玻璃窗，身穿和服，身材胖乎乎的，长着一副娃娃脸。

明智小五郎看到这张脸后吃了一惊。

咦，他不就是小说作家青木昌作吗？

青木昌作是当今一流的作家，杂志封面经常刊登他居住的这幢大别墅。可亲眼看到这幢住宅，今天还是头一回。

这个著名的小说作家，难道与两起上吊事件有关吗？

这令明智小五郎感到十分意外。

他把视线移向另一个人的脸上，年龄与青木昌作差不多，四十五六岁，身上穿的是十分合身且做工考究的西装，躲在玻璃镜片背后的那双眼睛，目光炯炯有神，非常锐利。

想起来了，这家伙不是叫大田黑大造吗？这么说，他也与五重塔自杀事件有关？

大田黑大造是静冈县推选出来的国会议员，现任民友党干事。在新闻记者看来，他是大名鼎鼎的政治家。

好啊，这家伙也开始露出真容了！看来，这起自杀事件越来越精彩了。

一个是大企业家，一个是精神变态的画家，一个是当今一流的小说家，一个是堂堂的大政治家。

看来，这些人是道貌岸然的伪君子。

明智小五郎没想到五重塔的自杀事件竟然与大人物有关，太出乎意料了！这更激起了他的好奇心，于是他屏住呼吸听他们交谈的内容。

尽管声音很低，但三个人的说话内容清楚地传入了明智小五郎的耳朵。

"从火车上把人推到河里的做法太不像话了！责任多半在他的女儿身上！"

"不，父亲不应该向孩子公开秘密！"

"要是装着不知道就好了！怎么可以让孩子去找那东西呢？其实，佯装不知是最安全的！"

小说作家青木昌作大声说道。

"不过，既然这样了，就更不能麻痹大意了，明智小五郎肯定已经掌握鹤田正雄的经历了！"

议员大田黑大造担心地皱起眉头。

"嗯，不用说，我们现在已经不能置之不理了。近藤健三犯了杀人未遂罪，只要明智小五郎向警方告发，他就麻烦缠身了。可明智小五郎为什么不告他？这家伙我们可不能小看。"

"三田村把明智小五郎监禁在画室的壁橱里，这也是犯罪！太棘手了！都像精神错乱者！三田村一贯古里古怪的。如果说那样做是出于无奈，那还情有可原，毕竟没有杀人的动机。可近藤健三像那样杀人，我总觉得离奇。"

大田黑大造说到三田村，也不顾对方的面子，一个劲地数落他。看到这三个人说话时相互间不使用敬称，可见关系非同一般。

"如果近藤健三精神正常，按理不应该发生上吊自杀闹的事件。他为什么会变得那般疯疯癫癫？是不是担心杀人未遂的罪行暴露？"

根据青木昌作说的"上吊自杀"的这番话分析，可以断定近藤健三像明智小五郎推断的那样的确在自己家上吊自尽。

"这是报应！"

三田村插嘴说着，语气粗暴。

"什么？报应？"

"是的。否则，鹤田正雄为什么一定要特意爬到塔顶上自缢？我想，肯定是某种无形的力量诱使他爬到塔顶的。就说近藤健三吧，也跟鹤田正雄一样受到某种无形力量的诱使。像他那么成功的实业家都这样做，绝不是什么小事。"

"哈哈哈……三田村是不折不扣的迷信主义者！现在已经是这种时候了，我劝你快烧了那些画吧！不然的话，太危险了。光凭画那样的画，就足以证明你鬼迷心窍了。"

青木昌作阴阳怪气地说道。

"嗯，也许是被鬼东西缠住了？我自己也有你说的那种感觉！最近几个晚上，我好几次做五重塔的梦。"

画家三田村的脸上没有一丝笑容，皱着眉头显得极其认真。他朝着桌子中央，探出他那张白里泛青的脸继续说道："说到被鬼东西缠身的，首先应该是近藤健三的女儿近藤礼子。那姑娘说她被鬼诅咒了。虽说脸长得很漂亮，可没有一丝血色。那天，我要是阻拦得慢一点，明智小五郎就有可能被她结果了！难道你们不觉得近藤礼子的脸奇怪吗？尤其是那呆滞的眼神。难道你们不觉得她的眼神跟某个人很像吗？"

青木昌作和大田黑大造听到这里，惊讶得说不出话来。

找共同点

　　明智小五郎的脸贴在玻璃窗上，目不转睛地观察着房间里的情况。

　　这些拥有社会地位的男人，个个脸上露出提心吊胆的表情，似乎都很害怕那种所谓的无形力量。

　　注视着房间的明智小五郎，无意中破坏了下半扇玻璃窗的固定状态，使得下半扇玻璃窗重重地落下并压在他的手指上。

　　"哇！"

　　惨叫声划破寂静的夜空。

　　顿时，房间里三个男人的目光一齐投向玻璃窗。

短短的几秒钟，三个人谁都没有动弹。不一会儿，议员大田黑大造慢慢地站起身来走到窗前。

明智小五郎此时已经离开窗台，快步朝枝叶茂密的树林里跑去，随后站在距离别墅房间十米左右的小山包上。

他回想起房间里刚才的氛围，觉得这些社会名流真是滑稽可笑。片刻后，脑瓜子里不知何故又冒出捉弄他们的淘气心理，而且怎么也按捺不住。

房间里的灯光，由于照不到小山包这里，致使大田黑大造看见的是一张在黑暗里飘浮的人脸。霎时间，他的全身像雕塑那样无法动弹了。

片刻后，他突然朝身后的青木昌作和三田村招手。于是，两个黑影立刻出现在窗前。

整整一分钟时间，三个人站在那里直哆嗦。

他们十分吃惊，想喊叫却没有声音，想晃动身体却不听使唤。看他们的那副模样，明智小五郎觉得十分有趣，终于忍不住笑了。

三个男人一听到这种低嗓音的笑声，更慌了神，联想起刚才话题里的冤魂。

不料，此刻吃惊的不光是站在窗前的三个男人。就连吓唬他们的明智小五郎也猛然觉得心快要跳到嗓子眼了。

他尽管停止了笑声，可不知何故，笑声还在黑暗里回荡。

不是回声，而是出自他嘴里的笑声在周围回响着。

也许听错了。

明智小五郎试着又笑了，随后赶紧闭上嘴巴，可仔细一听，笑声还在继续着。

奇怪！

明智小五郎环视周围，见小土包那里的树叶密密麻麻地挤在一起。

突然，他听见后面有声音，赶紧转过头看去，黑暗里有一张模模糊糊的人脸。这张微微苍白的脸猛地朝他靠近，紧接着是一股香水味扑鼻而来。

明智小五郎立刻摆开架势，只见黑影勇猛地朝他扑来，手臂使劲地勾住了他的脖子，怎么也挣脱不开。

明智小五郎心里明白，不能发出任何响声。响声一旦被辨明是人的响声，三个男人肯定会冲出房间来到这里。眼下，只有一声不吭地挣脱黑影的手臂。

黑影的身体柔软，灵活。明智小五郎十分着急，却又被缠得脱不开身。

他俩扭在一起，滚落到小土包背后潮湿的落叶堆里。

哈……哈……哈……怪物的喘气声飞入明智小五郎的耳朵里。这时，他感到脖子疼得厉害，有一股热乎乎的东西在皮肤上流淌。

他好像被刀刺伤了，血在往外流。

明智小五郎一察觉到血，使出全身力气挣脱对方的纠缠。

这时，明智小五郎的眼前银光闪闪。

匕首！

铮亮的匕首上沾有鲜血。

他见过这把匕首！

是她，是近藤健三的女儿近藤礼子。那姑娘为什么执意要我的命？难道真那么害怕秘密被暴露？

明智小五郎推开又要扑过来的近藤礼子，朝着围墙跑去。只见他费了好大工夫，才终于爬上围墙。

回头一看，黑影就在下边。黑暗里，近藤礼子一边挥舞匕首，一边朝围墙上的明智小五郎逼近。

要是房间里那三个人赶来，自己就难以脱身了。眼下，三十六计走为上策。

明智小五郎转过身跳到围墙外侧的人行道上，快速地逃走了。

近藤礼子也许没有翻越围墙的本领，身后没有她的影子。

深夜的住宅街静得可怕，明智小五郎拼命地跑着。

一个小时后，明智小五郎返回世田谷自己的实验室，不停地翻阅着一本书。

接着他又来到近藤别墅附近，驾驶原先停放在那里的轿车回到了住宅。

脖子上的伤并不严重。他用药敷在伤口上，随后坐到桌前。此时此刻，他已经毫无睡意。

他在驾车回家的途中，想过这样一件事：近藤公司的总经理近藤健三出生于静冈县，这是他早就知道的。小说家青木昌作的老家也在静冈县，这情况是他是从报纸和杂志上得知的。

奇怪的是，今晚在青木别墅见到的大田黑大造，也是静冈县选举出来的国会议员。看来，他的故乡也是静冈县。

画家三田村的知名度不如他们三个人，出生地不清楚，可说话的口音与近藤健三相似，没准也是静冈县人。

著名的大作家，大名鼎鼎的政治家，拥有财富的实业家以及贫穷的画家。就这四个人的职业和交际范围来说，并没有相似的共同点。

可明智小五郎找到了他们唯一的共同点，四个人来自同一个故乡静冈县。

秘密来自唯一的共同点，这是不容置疑的。

这对于多日来一直处在云里雾里的明智小五郎来说，是重大发现。

他忘记了睡觉，开始查阅企业家名人录、作家年鉴和国会议员名册。最后，收集到的数据证明他的推论是正确的。

近藤健三、青木昌作、大田黑大造的老家都在静冈县S市。

另外，三个人都是同一年毕业于S市同一所中学。

可见，这些家伙还是中学时代的校友！好，我立刻去S市调查他们三个人的过去。与其在东京像捉迷藏那样，倒不如走这条近路试试看。

明智小五郎打定主意。

通常遇上这种场合，明智小五郎没有必要调查他们三个人的身份，只需向警方报告这四件事，警方就会立即对他们展开侦查。原因有四个：一、三田村将自己非法关押在画室；二、近藤健三从列车上将自己推到河里；三、近藤礼子在青木别墅刺伤了自己；四、近藤健三自杀未遂。

可明智小五郎没这样做，而是一心想依靠自己的智慧亲自侦破隐藏在自杀事件背后的秘密。如果现在借助警方的力量，那从一开始自己就没必要介入这起事件。

"既然已经侦查到现在这个份上，就一定要千方百计地追查到底，弄个水落石出。好，就这么定了！明天早晨坐快速列车去静冈县。如果行动迟缓，有可能引起麻烦。不用说，那三个人已经知道青木别墅后院刚才发生的事件。

"我逃走后，近藤礼子肯定会如实说出我的名字。无疑，自己往后的处境将更加艰难。前不久，就连那个被同伴认为是老实人的近藤健三，也兽性大发把我推入河里。眼下这三个对手加在一起有权有势有财，再加上专门画五重塔诅咒的怪画家三田村，他们无疑会使用更恶劣的手法追杀自己。

"现在，这起自杀事件已经有眉目了，必须一查到底直至水落石出。也许自己的生命会再次受到威胁，但无论如何不能屈服，不能半途而废。在没有弄清事件真相前，我必须咬住不放坚持到最后。"

明智小五郎很清楚这一选择带来的后果，脸上表情瞬间变得紧张起来。

秘密结社

第二天，明智小五郎按照新制定的计划，乘坐早晨的快速列车离开东京。

次日中午到达S市，明智小五郎马不停蹄地走访了S中学。

从昨晚开始，明智小五郎一直警惕着周围，担心有人跟踪自己，对自己下毒手。可从东京到S市的路上一帆风顺，并且很快找到了S中学。

他拜见校长后，编造借口得到了对方的信任，看到了该校历届毕业生花名册和历届学生的毕业纪念照。

不用说，那年毕业生的纪念照片里有近藤健三、青木昌作和大田黑大造三个，他们身边还站着身穿黑色立领服的三田村。

　　明智小五郎通过照片核实了他们四个人是同班同学后，还是不满足，继续逐一端详八十个中学毕业生那稚嫩的脸。突然，他发现了一张熟悉的脸。

　　照片上有一个中学生的脸，与上吊自杀的鹤田正雄长得一模一样。

　　他快速地翻阅了毕业生花名册，找到了鹤田正雄的名字。

　　原来，不光小说家、国会议员、画家和企业家，就连在五重塔自尽的鹤田正雄，都是S市S中学同年毕业的同届同班学生。

　　顿时，明智小五郎的脸上浮现出难以言喻的微笑，为了不让校长察觉，使劲地克制着自己。

　　经过计算，他们毕业那年距今已经过去二十七年。校长思考了一下明智小五郎的问题，回答说目前在校教职员工中间都没有二十七年工龄，无法介绍当时学校的情况。明智小五郎深感遗憾，好不容易看到了毕业照片，却打听不到他们当时的情况。

唉，线索又断了。

明智小五郎继续查阅，发现那年毕业的同届学生中有近二十个人至今还居住在S市。于是，明智小五郎打算逐一拜访他们。

这时，校长突然用回忆的语气说："两年前有一个职工退休，他荣获了三十年来一直在我校辛勤工作的功劳奖状。也许他还记得当时的情况……他嘛，现在好像过着隐居的生活。"

明智小五郎向校长致谢后，立即拜访了那个居住在S市郊外的退休职工。

这个退休职工的住宅非常好找，可找到那里后却被告知老人不在家。

老人在附近的小河边钓鱼。他坐在岸边的草丛里，紧盯着河里的鱼漂，嘴里叼着旱烟管。

老人虽说头发半白，可身子骨硬朗。一听说是现任校长介绍来的客人，老人毫不怀疑，爽快地接待了明智小五郎。明智小五郎也毫不拘束地坐在边上，陪老人边钓鱼边拉家常。

"老人家，钓着鱼了吗？"

明智小五郎打算先从钓鱼说起，再慢慢转移到自己关心的话题。

一番海阔天空的闲聊过后，明智小五郎终于抓住机会。

明智小五郎提起如今名噪一时的作家青木昌作和国会议员大田黑大造，并强调他俩既是S市民的自豪，也是S中学的骄傲。

明智小五郎一提起他俩的名字，老人便打开了话匣子，滔滔不绝地说起了他们中学时代的情况。

"当时还是S中学刚建成不久的时候。他俩是第三届毕业生，比现在的中学毕业生要聪明许多倍……在当时的中学生中间，他俩的名声也很好，与其他同学就是不一样。"

老人得意地说起他俩当时获众人好评的情况。

明智小五郎不时地附和着，瞅准机会向老人提出自己关心的话题："老人家，那届学生中间好像有性格古怪的男生吧？例如企业家近藤健三，还有叫三田村的画家……与他俩是同一届的吧？"

"嗯，是的，近藤健三也很了不起，是一个很成功的企业家。中学时代，他很老实。说得实在一点，他当时很不显眼。三田村则是淘气包，谁见了他都头痛。

"据说，他现在是画家。在那届毕业生中间，就数三田村留给我的印象最深刻。托他恶作剧的'福'，我吃过一个大亏。

"哦，是的，是的，还有一个学生给我的印象也很深刻。他叫什么来着……嗯……好像叫鹤田什么的……对，对……是叫鹤田正雄。他一直是沉默寡言，不爱说话。当然，你是不会知道他的。

"可他在中学读书期间，是一个获得好评的学生。他连续三年任班长，成绩优秀，当时被誉为静冈县唯一的秀才学生。可中学成绩好，并不能代表将来在事业上有成就。

"像那些当时成绩中等以下的学生，例如青木昌作和大田黑大造等，中年后都鸿运高照，青云直上。而曾经获得好评的鹤田秀才，据说没什么出息，如今到底在干什么，我一点也不清楚。有人说他一贫如洗像流浪儿；还有人说在名古屋一带看到过他……"

明智小五郎佯装不知，认真地听着老人的叙述，心里暗自叫好。

终于，老人的话里出现了在五重塔上吊自杀的鹤田正雄。可让明智小五郎吃惊的是，鹤田正雄在中学读书期间居然知名度很高，还被该县誉为唯一的秀才学生。简直令人难以置信。

"嘿，老人家，居然有那样的秀才！真为他感到难过。青木昌作是一个很有名望的大作家，我们在中学上语文课时老师经常提起他。可关于鹤田正雄的情况，我不曾听说过。"

"原来是这么回事。是呵，是呵，我又想起一件事情来。跟你说着说着，很久以前的那些往事像电视剧那样，一幕幕浮现在我的眼前，就像昨天发生似的。

"除青木昌作、大田黑大造、近藤健三、鹤田正雄和三田村外，记得还有一个叫杉村的中学生，脸色白净，身体长得比他们弱小。

"在他们班上，这六个学生相处得特别好，被其他同学称为'六人小集团'。就当时学生中间的传言来说，他们六个人经常背着其他同学玩什么游戏来着，游戏内容都是保密的。"

　　"嘿，玩游戏？如果对其他人是保密的，那一定是秘密游戏吧！这故事太有趣了！照这么说，六个人聚集在一起肯定做过什么精彩的游戏。那到底是什么游戏呀？"

　　"我也搞不清楚那是什么游戏。在同班同学中间，好像没一个说得上来。他们玩秘密游戏，还是学校外面的人告诉我的。具体玩什么，我也说不上来。因为，他们的保密性很高。"

　　"多愁善感的学生通常都有自己的秘密，这种情况司空见惯。可像他们那么齐心协力保守秘密的小集团，我还是第一次听说，还真少见！"

　　"他们六个人玩秘密游戏的场所，我也是偶然发现的。你瞧！那片树林对面不是有白色的砖墙吗？就在那里面！那是一座旧仓库。

　　"一天，我从学校出来去商店买东西，在那座旧仓库前面的空地上经过，凑巧碰上他们一个接一个地从仓库里出来。记得当时已经是傍晚了，只见他们六个人一边东张西望地打量着周围，一边鬼鬼祟祟地走出仓库大门。

"我觉得可疑，便停住脚步观察他们到底干什么。可六人小集团中的那个三田村认出了我，走到我跟前恶狠狠地警告说：'我们聚集在这里玩游戏的事情，你不准对任何人说起。如果你说出去，我就对你不客气。'

"直到现在，我还记得三田村当时那张动真格的脸。第二天上午，外表向来老实巴交的近藤健三悄悄地走进我的工作室，递给我一个小纸包。你猜那是什么？

"嗨！小纸包里装着十日元纸币！当时的十日元是很值钱的，相当于现在三千日元的币值呢！不用说，我没有接受那种不明不白的保密钱。可是，这些中学生做的事情让我总觉得不可思议。

"虽也说不上是什么重大事情，可在他们看来非常重大，必须保守秘密。那样做，也许是模仿大人吧？回想当时近藤健三的表情，一本正经的样子。"

"原来是那样。中学时代，我也和几个同学那样干过。看来，他们好像是秘密结社吧。如果能知道他们在仓库里干了些什么，那太有趣了。老人家，那个叫杉村的人现在住在哪里？"

"他，已经不在人世了！当时发生过一起莫名其妙的事件，杉村就是因为那起事件死的，而且死得很惨。"

明智小五郎听到这里，不由得浑身紧张起来。

这个秘密结社的六人小集团里居然死了人！这里面一定隐藏着什么秘密！

"死得很惨吗？怎么死的？"

明智小五郎赶紧问。

老人脸上变得阴沉起来，喃喃自语地说："是上吊自杀死的……"

白蛇仓库

"什么，你是说他上吊自杀死了？"

明智小五郎不由得拉大嗓门问道。

"是的，瞧，就是在那里自缢身亡的。你看！从这里可以看到那座塔。"

老人用手指着白墙仓库的右边。

遥远的树林里，似乎矗立着佛教风格的建筑物。由于枝叶的遮挡，只能看到寺院的屋顶和五重塔的上半部分。

明智小五郎不曾想到那片树林里竟然也有五重塔，当听到老人提到五重塔时他不由得怔住了。

啊，果然是五重塔。

这起自杀事件，说到底与五重塔有着千丝万缕的关系。猛然间，明智小五郎仿佛觉得被人浇了一盆冰水似的，浑身瑟瑟发抖。

"那，那塔上……"

他注视着遥远的五重塔问。

"是的，杉村是在五重塔最高层的屋檐上自缢身亡的。那起自杀事件，是距今二十五年前发生的，也就是他们毕业后的第三年。由于杉村采用了罕见的自杀方法，在当时传得沸沸扬扬。我们这片宁静的土地，被这起事件闹得天翻地覆。"

"他的自杀方法为什么那么奇怪？像那种年龄的人选择自杀，通常是因为厌世。他可能也是那种情况吧。"

明智小五郎不假思索地脱口问道。

"他可不是那种情况，据说是忏悔杀人罪，采用了与杀死别人同样的手法。我这样说，你也许还明白不了吧？在五重塔的屋檐下死去的，杉村不是第一个。在他前面，也有人是在那里死的。"

明智小五郎听到这里，惊讶得目瞪口呆。

"是的！可第一个死的不是自杀，而是他杀。据说那个死者身上有七处伤口。凶手用刀杀了死者以后，不知为什么还特地将死者的尸体抱到五重塔的最高层，用绳索将死者吊在屋檐下。凶手为什么要模仿那样的杀人方法，我至今也弄不明白。"

"这么说，那凶手应该是杉村吧？"

"是的。杉村留下一封信，承认自己是凶手，为表示忏悔，在相同场所自缢身亡。杉村为什么要杀人？为什么要把尸体运到塔顶并悬挂在屋檐下？这些情况都没弄清楚就不了了之了。"

老人讲述的这段故事，听上去让人感到不可思议。明智小五郎被深深地吸引住了，还想进一步了解当时的情况，可老人再也说不出更详细的情况了。

"结果，那起事件是以杉村精神失常导致自杀身亡被警方宣布结案。不然的话，一个精神正常的人，决不会也不可能做出那种耸人听闻的事情。"

老人似乎对此深信不疑，可知道东京五重塔自杀事件的明智小五郎，绝对不会相信杉村因精神失常而杀人。

这起在Ｓ市郊外发生的塔上自缢事件，时隔二十多个春秋后在东京的五重塔重演。从表面上看似乎是偶然的，但在明智小五郎看来是必然的，因为其背后藏有不可告人的秘密。何况两起自杀事件的自杀者，都是中学时代同一集团的成员。

记得画家三田村在青木别墅不慎说漏了嘴，说什么五重塔在诅咒。这些奇怪的自杀事件，难道都与五重塔古时候传说的恶魂有关吗？在今天科学如此发达的社会里接连发生这样的蠢事。

青木昌作和大田黑大造，与五重塔之间究竟有什么关系？

明智小五郎装作若无其事的模样与老人交谈，可大脑里却反复思考着。

不一会儿，他突然想起什么，问老人："那，那白色砖墙仓库旁边的房屋里现在还有人住吗？是普通百姓住在里面吗？"

"原来，拥有那幢房屋的是当地首屈一指的大地主。后来拥有的水田和旱地逐渐少了，再说大地主的后代也死得差不多了。

"如今，那里面住着一个老太太，年龄六十几岁。据说，那老太太是青木昌作的亲戚。青木最终继承了那幢房屋。青木雇用了一对夫妇，让他们照料老太太和那座房屋。"

"你说的青木，就是那个小说作家青木昌作吧？"

"是的，就是青木昌作。"

"噢，是这样。那么，青木昌作经常回来看这幢房屋吗？"

"嗯，好像不常来。因为那幢房屋一直没有修整过，又旧又破，像鬼屋。"

"真那么破旧吗？"

"是的。尽管宽敞，可住在里面的人只使用其中的两三个房间。

"那旁边的仓库也属于青木昌作的不动产吧。"

"是啊！那仓库已经二十多年没人使用过了，继承人也是青木。"

"你是说那仓库二十多年来没开过门？为什么？仓库是空的吗？"

"这，我不太清楚。不开门可能有什么原因吧？反正青木昌作继承后，据说一次也没打开过仓库门。有人说，仓库里住着鬼神。

"我住在这里，是租用别人的房子，对这一带知道得不是很详细，只是听一些传闻而已。"

明智小五郎在听老人讲述的过程中，好奇心越来越强烈，怎么也抑制不住一定要到仓库里看个究竟的念头。

这座大门紧闭的仓库，无疑是二十多年前青木昌作等六个中学生秘密相聚的场所！

这六个人中间，杉村采用罕见的杀人手法犯了杀人罪，其结果自己也在五重塔上自尽。这座仓库的现任主人不是别人，而是杉村中学时代的好友青木昌作。

空气晃动

　　其实，这是一起新发现的骇人听闻的线索。明智小五郎把目光紧紧地盯在这里，是合乎逻辑的。

　　这个曾经在中学时代秘密结社的小集团，居然使三四个人先后走向死亡。

　　第一个走向死亡的，是二十多年前被杉村杀害的死者；第二个走向死亡的，是凶手杉村；第三个走向死亡的，是成为流浪汉的鹤田正雄；第四个走向死亡的，是自杀未遂的近藤健三。他们都与中学时代的秘密结社有关。

　　也许，那个大门紧闭的仓库是他们秘密开碰头会的地方。无疑，那座仓库里藏有解开这一连串事件的钥匙。

明智小五郎突然想到这种可能性。

接下来，他必须进入那座仓库实地调查！

他与老人告别后，决定去侦查有重大疑点的仓库。

走进树林，气温急剧下降，刚才还是浑身湿热的感觉霎时间便凉爽起来。

别大意！马上就要到达仓库了。他提醒着自己，全身陡然间紧张起来，脚步不由得加快了。

不一会儿，那幢昔日的别墅出现在明智小五郎的眼前。它占地面积很大，主楼面积也不小，几十年前大地主的雄风尚依稀可辨。

可铺有瓦片的屋顶，看似已经长时间没有修整过，堆有厚厚的灰尘，仿佛随时有被大风吹倒塌的危险。

明智小五郎走进院子，站在宽敞的灶间朝里打招呼。于是，咖啡色的移门开了，探出一张四十岁左右的女人脸来，上下一副农民的打扮。那人多半是青木昌作雇的，微黑透红的脸上富有光泽，是一个十足的农家妇女。

明智小五郎按照刚才在路上设计好的借口，将自己冒充为接受青木昌作委托、来自东京的建筑商。

"对不起，我是受青木先生的委托，准备改建这幢别墅的仓库。今天，我是先到实地估算需要多少材料，随后回东京准备，请你把仓库门打开让我进去看一下……"

这座已经许多年没开过门的仓库，不管农家妇女的脾气多么好，想必不会轻易答应自己的要求？明智小五郎一边思索对方拒绝怎么办，一边焦躁不安起来。

不料，中年妇女丝毫没怀疑明智小五郎的自我介绍，似乎早已等着改建这一天了，立刻点头表示同意。

"好，好，你远道而来辛苦了！我这就取钥匙，请等一下。"

中年妇女返回房间，不一会儿就出来了，一手拿着钥匙，一手端着蜡烛。

"仓库里漆黑一片，没有蜡烛根本看不见。"

中年妇女一边说一边走在头里为明智小五郎带路，走到仓库跟前将门锁打开。

明智小五郎见这么轻而易举就达到目的，心里很不是滋味，反倒觉得十分扫兴。

这么轻易就为我开仓库的门，看来这里面不会藏什么秘密，也许只是一个空仓库而已，里面又没放什么东西，加之多年来没打开过门，因此就是让我这样的陌生人进入仓库，也确实没有必要担心失窃什么。当然，也没有必要担心这对夫妇出什么差错……这家伙曾经可能也有过意想不到的失误。

明智小五郎虽感到扫兴，但还是决定在仓库里看一下。

霉味和潮湿夹带着阴森的寒气扑鼻而来，明智小五郎猛地哆嗦起来，仿佛觉得自己站在枯井的井底。

明智小五郎端着蜡烛环视周围。

斑斑驳驳的墙壁，挂满蜘蛛网的墙角，地板上积满了灰尘……在烛光下相继浮现在明智小五郎的眼前。

有一侧墙角那里放有看似结实的梯子，斜朝着天花板。

明智小五郎小心翼翼地望着地上，慢慢地朝里走去。

他绕到梯子背后，看了一下那里的墙角，顿时停下脚步愣住了。

那里站着一个浑身白色的人，一动不动的。

他想起刚才那个退休老人说的"白蛇"。莫非长期住在这座仓库里的"白色蛇精"瞬间变成人了。

不一会儿，这一连串的遐想在脑海里变得模糊起来。咦，怎么会有这种天方夜谭的事情……明智小五郎稍稍稳定了一下情绪，大胆地朝"白色蛇精"靠近。

当他把蜡烛凑到跟前的时候，不由得愣了一下。原来，那是一座希腊女神的雕塑。

明智小五郎原以为仓库里一无所有，谁知里面居然放着雕塑。他蒙了，像被灌了迷魂汤那样迷迷糊糊起来。

这座雕塑好像放在仓库里已经很长时间了，也没人打扫，堆积在脸和胸部的灰尘特别多，形成了许多黑色的投影。

雕像的脸蛋雕刻得非常精细完美，微笑的表情像名画蒙娜丽莎那样，神情仿佛在眺望着什么。

明智小五郎在仔细观察雕像的过程中，莫名的恐惧感油然而生，于是赶紧移开视线。可当目光触及雕像的脚边时，发现墙边竖有一些木框。

咦，这仓库以前可能是画室，可画室需要明亮的光线！把画室设置在这种缺乏亮度的地方，令人不可思议。

他把其中一块沾满灰尘的油画木框转过来，把蜡烛凑到那里打量起来。原来，那上面是一幅画有少女上半身的油画。

油画里的姑娘年龄看上去十七八岁，梳着孩子般的辫子，额头被齐留海遮挡着，身穿没有图案的黑色和服，衣领没有敞开。

迷人的丹凤眼紧盯着前方，漂亮的樱桃小嘴微微张开，给人一种纯情少女的感觉。

明智小五郎比较了一眼这幅油画与那座雕像，发现它们都是一样的人。接着，他干脆把所有的油画转过来仔细琢磨，画的都是少女上半身像，仅仅是发型与服装款式不同而已。

呵，看来，姑娘是画家非常喜欢的模特儿。画家不但为她画了一张又一张，还为她制作雕像。这姑娘到底是谁？

油画一共有六幅。明智小五郎时而将油画竖起来打量，时而将油画横着观察，似乎想从这些油画里找出共同点。

如果评论的话，这几幅油画平平淡淡，算不上画技高超。但这些油画，仿佛注入了生命，给人栩栩如生的感觉，似乎这六幅油画和那座雕像是活着的七个亭亭玉立的少女。

此时此刻，明智小五郎的脑海里猛地出现曾经有过的感觉，就是前些天那个晚上在三田村家观看那一幅幅油画的感觉。记得当时在东京三田村的画室里，那挂在墙上的二十多幅油画，画的都是相同的五重塔。

三田村的画室，虽比这仓库好很多，可总觉得有相似之处。

莫非，这些雕像和油画都出自三田村之手？他在S市的中学时代可能经常出入这座仓库，在这里把美丽的姑娘当模特儿？

霎时间，他那敏锐的第六感猛地觉察到了某种东西，眼前有什么东西在从地面朝上缓缓升起。

他瞪大眼睛紧盯着眼前不可思议的情景，希望能看清楚那究竟是什么……

片刻后，他发现漆黑的仓库里有晃动的影子。

他快速地察觉到了，霉味在微微流动。

"啊，原来是这么回事！"

霎时间，明智小五郎看见了刚才晃动着的黑影的原形。

那里站着三个一动不动的男子，腿朝两边叉开，眼睛不停地眨着。一个是怪画家三田村，一个是作家青木昌作，一个是国会议员大田黑大造。

生死对决

　　三个人风衣上没有系纽扣，朝两边敞开。青木昌作和大田黑大造两个人的脑袋上，还戴着帽子。

　　他们原来一直隐藏在仓库二楼，似乎早就在等待明智小五郎。

　　明智小五郎瞬间明白了一切。

　　无疑，他们了解到青木别墅里的惊叫声的原委后，一直在严密监视着我的行动。一旦知道我奔赴S市的消息后，立即尾随而来。不用说，他们还知道我走访学校和退休老校工的事。

　　这些人明白自己无路可逃的处境后，估计到我可能去仓库调查，便抢在我前面埋伏在仓库里。

怪不得那个看家妇女那么爽快地答应我这个陌生人的要求，原来是秉承主人青木昌作的旨意引诱我钻入口袋。

糟了！我上他们的当了！

不知什么时候，那道坚实的木门早已紧闭。

还有，在门与明智小五郎之间站着三个中年男子。他们双臂交叉抱在胸前，一声不吭地注视着明智小五郎。

看到他们这般冷漠的模样，明智小五郎本能地感到危险。这些家伙想杀死我！他们肯定是这样的企图。只要我从这个世上消失，他们的秘密将永远不会暴露，将永远没有心头之患。

是的，他们企图在这座仓库里悄悄地暗杀我。

身处充满杀气的仓库里，明智小五郎紧张起来。

他不停地告诫自己，决不能在他们面前胆怯，越是在这种时候越是要冷静。他摆开与他们决一死战的架势，决心坚持到生命的最后时刻。

他快速地把手上的蜡烛放在地上，也把双臂挽起交叉在胸前，摆开与他们对抗的架势。他双眼怒目圆睁，毫不胆怯地与对方的视线交织在一起。

在好几分钟的时间里，双方谁都没有说话。不仅霉气熏天的空气似乎凝固了，就连轻微晃动的风也消失了。

片刻后，画家三田村似乎忍不住了。他说话了，但语气格外平静："你究竟为什么来这里？"

说完，他那对大眼珠子转个不停。

"你应该知道我来这里干什么？"

明智小五郎镇定自若地答道。

"哼，是这么回事。那你觉得我们为什么来这里？可你知道吗？你这样做最终还是竹篮子打水一场空，什么也不会得到。实话告诉你，仓库周围是一片水田。

"在这里，我们不管干什么，都不会有声音传到外面。要说知道这里接下来会发生什么，也就我们三个人。喂，听清楚我说的意思了吗？难道你还执迷不悟，还舍不得丢掉你那多管闲事的好奇心？"

三田村不知什么时候，亮出手上握着的匕首。

"喂，三田，别急！我不是说了让你别急吗？可你……别那么粗暴！"

作家青木昌作训斥三田村。

作家有钱有知识，跟穷画家毕竟不一样，态度和蔼地对明智小五郎说："我们到这里来不是威胁你，而是恳求你，恳求你别再浪费时间跟我们纠缠。我们是为你好才特地从东京赶到这里恭候你的。

"也许，你觉得这起自杀事件与什么重大犯罪有关联。但我可以明确告诉你，根本就没那回事，仅仅是一个讨厌的噩梦而已，是一个与法律毫无任何瓜葛的噩梦而已。

"年轻的侦探先生，希望你就此结束对这起事件的调查。现在停止行动，既没有什么不光彩，也跟不负责任、不讲正义无关。

"你什么也别说，从今天开始，别再对近藤健三和我们的周围进行毫无价值的排查活动。我恳求你了。"

青木昌作的脸上青一块紫一块的，表情显得很紧张，一个劲地劝说明智小五郎。

"可你们用这种命令的口吻让我放弃侦查，我很难接受。其实，我并不仅仅因为好奇而侦查到今天，而是在我看来，这起自杀事件有许多难以解答的疑问。

"说得透彻一点，不是为你们，而是为我自己，为找到一份让自己口服心服的答卷。如果你们确实不是犯罪，如果你们能摆出说服我的事实，那我也自然会放弃对这起事件的侦查。

"请问，鹤田正雄为什么要在五重塔的屋檐上吊自杀？近藤健三为什么企图采用相同的方法自杀？还有，你们二十多年前的同窗好友杉村为什么要在这里杀人？他为什么杀了人还要把死者运到塔顶并悬挂在屋檐下示众？

"还有更奇怪的是，杉村又为什么自己也爬到塔顶的屋檐下采取同样的方法上吊自杀？这四起死亡事件中间，尽管有一件是自杀未遂，可它们相互间肯定有什么瓜葛？关于这些疑问，我想请你们详细地解释一下。

"在解释这些疑问前，如果没什么，我想请三田村说说自己右手食指的情况。三田村，你那只食指为什么会出现在鹤田正雄的包里？瞧！就是你那右手上的食指。装橡胶食指的目的，是想逃避什么罪责吧！"

说完，明智小五郎瞪了三田村一眼。

"你这个畜生，我已经忍不住了！你这个愣小子，我要让你记住整天缠着我们的后果，让你尝尝多管闲事会给你带来什么结果。"

三田村疯狂地叫嚷，举起寒光闪闪的匕首朝明智小五郎刺去。

"危险！你要干什么？"

眼看匕首就要刺中明智小五郎的时候，青木昌作和大田黑大造异口同声地叫嚷起来。他俩几乎同时从两侧抓住三田村的手臂，制止了他险些伤害明知小五郎的暴行："三田，你这个混蛋，难道你打算为继续隐瞒二十五年前的丑事犯杀人罪吗？给我退到后面去！我说！我已经想通了，干脆一五一十地全说清楚，让明智自己判断下一步该怎么做。事情已经到了这一步，还有什么可以隐瞒的呢？

"只有痛痛快快地说，才能避免无谓的冲突。我说完以后，如果明智要把我们送交给警方，那我们也只能认了。比起有意制造新的犯罪，我觉得这样做才是上策。"

青木昌作由于激动，脸色更苍白了，像病人那样喃喃地对大家说。

"嗯，好，我赞成你那样做。"

大田黑大造点头说："现在这时候让明智立刻停止调查，别说他，即便是我也不会接受。我看只有痛痛快快地说出来，除此以外没有其它选择。只有说出来，才是最好的解决办法。青木，你说吧！我也彻底下决心了。"

大田黑大造尽管一脸尴尬，可毕竟是大有作为的政治家，显得很冷静。

青木昌作朝烛光那里走近一步，打开话匣："明智，三田村这家伙太激动了，请原谅他的粗鲁行为……现在，我就说说这四起事件为什么纠缠在一起。我想简短扼要地介绍一下，只要从道理上符合逻辑，我相信你会同情我们的。"

明智小五郎无声地点点头。

青木昌作站在中间，大田大黑造和三田村分别站在他的左右侧。仓库里加上明智小五郎一共是四个人，以蜡烛为中心站成一圈。

放在地上的蜡烛闪烁着暗红的火光，将他们四个人的投影映照得格外可怕。

崇敬女神

"我们是S中学的同届毕业生，当时经常在这个仓库里秘密集合。这，你可能已经知道。否则，你不可能特地来仓库调查。

"我得承认，你调查到的情况都是事实，那时的中学是五年制。我们从中学四年级的那年春天开始到毕业后的第三年夏天，一直都把这个仓库当作会场，悄悄地聚在一起。

"除我们这三个人以外，有近藤健三，有在五重塔上吊自尽的鹤田正雄，有二十五年前在这附近上吊自杀的杉村，还有一个叫南志津枝的女生。

"也就是说，我们小集团的七个成员，六个是男生，一个是女生。你好像觉得我们这个小集团与某起犯罪案件有关，因而进行了种种想象和猜测，其实不是那回事。

"那么，如果说我们为什么要保密，其实仅仅是让别人对我们的组合有一种神秘感。我们那样做，是出于年少单纯。这也算是中学生存在的一种心理，但绝对没有哄骗警方的意图。

"如果用一句话归纳，那是一种心理游戏。当时我们看了一些外国小说，被书上所说的神秘宗教、恶魔学问和降魂术迷住了，并且模仿书上说的内容并进行了心理实验。

"我们当时信奉一个非常优秀的教祖，我们称她为女神，就是我刚才说的叫南志津枝的女生。她是在我们秘密小集团成立一年后才加入的，那也是一次偶然的机会。她是我们小集团成员杉村的表妹，具有超人的灵感。她长得非常漂亮。

"是呵，她的长相不仅漂亮，还给人以威严的感觉。于是，她立刻成了我们这个秘密小团体崇拜的偶像。我们用一颗纯粹、天真和无邪的心，视她为美丽的女神。对她的崇敬，我们绝对没有半点肮脏的想法。

"因为有了神圣的女神，我们那种孩子般的集会也就持续了五年的时间。在我们的心里，她不是我们地球上的姑娘，而是神国下凡的天使。我们小团体成员中间，都没有想过要与她特别好。

"我们这样的想法，她并没有感觉到。但对我们来说，她是个神秘和威严的姑娘。我们相互间都这样说，南志津枝，必须是我们心中永远的神。她是神国派来的天使，永远不会长大成人，永远不会衰老。

"当时，我们就是这样坚信不疑的。我们还有过这样的约定，会员中间如果有人想与南志津枝特别要好，我们就必须在那个时候宣布解散，并且那个成员必须接受大家的制裁。这是大家在会议上的一致决定。

"你刚才看到雕像和油画时，可能已经有过猜想？都是三田村把南志津枝当作模特儿画的。"

青木昌作说到这里感慨万千，用手指着仓库角落那里的雕像和油画，继续说道："不久，我们顺利地毕业于S中学，各自考进了高中继续学习。大田黑大造与我考入名古屋的高中学校，近藤健三考入东京的商业学校，三田村考入美术学校。

"就这样，我们小集团成员分开了。可一到暑假和寒假，我们都会回老家继续秘密聚会。可是，完全出乎我们意料的事情突然发生了。那件事情，是我们中学毕业后第三年的夏天发生的。

"我们崇拜的偶像南志津枝女神死了，她不是病死的，而是被人杀害的。她是在树林里的一棵树的后面，被人从背后勒死的。她随身携带的物品不翼而飞，警方据此结论为强盗杀人案。

"失去了最崇敬的天使后，我们六个高中生伤心得不能自拔。我们当时那种失魂落魄的模样，其他人恐怕是难以想象的。可以这么说，我们变成了失去灵魂的小子，甚至不想继续活在这个世上。

"事件发生后，过去了好几天，可杀害南志津枝的凶手却没有找到。像我们这样的穷乡僻壤，警方的侦查活动很不得力。葬礼结束的那天晚上，我们六个高中生聚集在这仓库里，围坐在一起只知道哭。

"我们六神无主，不知道下一步该怎么办。大家面面相觑，流着眼泪，没人说话，也没人起来走动，在悲痛中整整沉浸了一个多小时。突然，不知从哪里传来轻微的响声。当时，我们觉得是南志津枝的灵魂在向我们呼唤。

"如果真有响声传来，像今天讲科学破除迷信的时代，也许不会有人相信。可那时，我们六个人确实听见了那样的声音。不用说，我们都深信不疑那是南志津枝的说话声。"

兑现预言

青木昌作压低着嗓音，娓娓叙说着往事。

"她是用简短带有暗示的话告诉我们，说她是被当地的流氓缠住，挣脱后逃跑的时候被掐死的。我们六个人恍然大悟，相信自己脑瓜子里的东西。这也许是对自己暗示的错觉，或许是对自己暗示的幻觉。

"霎时间，我们六个人的眼睛里射出为女神报仇的目光。那情景，我至今仍记忆犹新。也就是从那天晚上开始，我们六个人变成了六个侦探，围绕着当地一个臭名昭著的流氓岩崎展开侦查。

"他直到南志津枝被害那天的所有行动，哪怕是极其细微的举止，我们都进行了仔细排查。经过几天来的排查汇总，我们被他长期以来的恶劣行径所震惊。

"根据调查到的事实，这家伙做了许多让人难以置信的坏事。不用说，我们发誓要为死去的女神报仇；我们还发誓要在警方掌握确凿证据前，用自己的手找到使岩崎无法抵赖的证据，向他讨还血债。

"终于，我们六个人掌握了确凿的证据。那天晚上，我们编造借口把岩崎带到仓库里。这个杀害南志津枝的凶手，夺走了我们心中的女神的强盗，终于成了我们的阶下囚。

"他即便被我们杀了，也难解心中之恨。可我们当时并没有杀人的想法，只是打算在精神和肉体上惩罚他。我们六个人把他围在中间，展开轮番审讯。可岩崎流氓不但不回答我们的提问，还像野兽那样撒野，动作粗暴。

"他比我们大两三岁，自以为力气大，还经常随身带匕首，是当地一个家喻户晓的恶棍。可我们当时没想到他会伤人，没想到他突然拔出匕首朝我们六个人扑来。

"他就一个，而我们有六个。无论岩崎有多大的力气，他不可能敌得过我们六个人。由于事先没任何准备，一见到这种场面难免胆怯。当时在我们六个人中，就数三田村力气最大。他首先迎着岩崎冲了上去。

"岩崎见状，立即朝三田村扑过去。霎时间，他那把明晃晃的匕首割下了三田村右手上的食指。顿时，鲜血从伤口涌了出来。一见到同伴挂彩，尤其是看到血在眼前流淌，刚才还是战战兢兢的我们，猛然间忘记了一切。

"虽说我们中间没一个带刀具和棍棒的，但都赤手空拳地从两侧朝岩崎包抄上去。我们人多势众，这家伙招架不住，最终被打倒在地。我们欲夺他手上的匕首，可他拼命反抗，不停地挥舞匕首。

"我们的手都被划破了，有的被打掉牙齿，有的被打出鼻血……脸上、手上都流着血。当时这仓库里的场面，简直像地狱，到处是血。那时，大家看到自己受伤流血，都完全失去了理智。

"我们奋不顾身地夺走了岩崎手上的匕首，朝着对方的身体、脑袋拳打脚踢，不管三七二十一地疯狂击打。这家伙夺走我们心中的圣洁的女神南志津枝，今天一定要让他受到惩罚！

"就这样，我们六个人心中难以倾诉的仇恨犹如山洪爆发，用夺来的匕首朝他身上猛刺，也不问是胸膛还是腹部，每人都刺了他一刀。岩崎惊恐万状，杀猪般地嚎叫，不一会儿就断气了。

"岩崎的身上，我记得有七处伤口。六个人每人都刺了他一刀，还有一刀是杉村为死去的表妹南志津枝刺的。处在极度兴奋的我们，面对已经不再动弹的岩崎尸体并没有恢复冷静，还制定了暴尸计划。

"商议的结果是，决定把岩崎尸体抬到背后的西条寺五重塔的顶上，悬挂在那里暴尸。现在想来，我们当时好像都被鬼迷住了心窍，个个咬牙切齿，觉得不那样做就不能解心头之恨。

"其实，为什么会那样做是有原因的。成为我们精神领袖的南志津枝，生前曾在一次聚会时有过奇怪的预言，说她看见有人在五重塔上自缢身亡，并说尸体像塔顶屋檐角上的风铃那样，随风飘荡。

"现在看来，这可能是她的精神异常在作怪，从而导致她出现那种恐怖的幻觉。我们都信以为真，认定那是神赐的死法。当时，我们都持有那种想法。

"南志津枝一边弯曲着手指表示一、二、三，一边从喉咙里发出犹如来自神国的叫声：一个人，两个人，三个人……突然，她失去意识昏迷过去。果然像她预言的那样，那两年里一连发生了三起死亡事件。

"我们开始担心，真没想到她预言的内容变成了现实。那天晚上，我们站在岩崎尸体前茫然不知所措，浑身颤抖。突然，我们中间的杉村叫喊起来，仿佛身上被鬼缠住似的。

"他叫喊着说，我必须兑现南志津枝的预言。岩崎的死，是南志津枝命令我们干的。我们必须把这具尸体像风铃那样悬挂在五重塔上，以祭祀南志津枝的灵魂。

"杉村越说越激动，还不时地晃动身体，连眼神也变了。当时的我们，立即赞成他的主张。

"于是，我们找来麻绳和木制葫芦，趁夜深人静时把尸体抬到西条寺的塔下。杉村首先弄破塔门走了进去，爬到五楼把木葫芦挂在檐下，将麻绳垂到地面。我们下面这些人，则用垂下的麻绳将尸体捆起来。

"就这样，我们采用了奇怪的方法把尸体起吊到塔顶的屋檐下。

"由于起吊过程中不允许任何人说话，可以说是难度很高的作业。但我们不管遇到什么困难都不改初衷，齐心协力，终于将尸体吊到塔顶的屋檐下。岩崎的尸体，就这样被我们像风铃那样悬挂在塔顶的屋檐下，兑现了南志津枝的预言。"

噩梦解脱

四周一片静谧，只有青木昌作的声音像从尘封的历史中传来："当时用过的麻绳和木制葫芦以及格斗时沾满血迹的三田村的绘画工作服，还有被割下的那截手指，被我们塞入一个现成的瓶子里，埋在西条寺墓地的大枫树旁边的土地里。

"那以后发生的事情，你好像已经知道了。就在岩崎死后的第五天，我们团体成员中的杉村在同样的屋檐下自缢身亡。他留下一份遗书，替我们六个人承担了杀害岩崎的罪过。

"杉村为什么要这样做，我们直到今天都无法理解。记得他当时非常痛苦，完全陷入了绝望的境地。还有他与南志津枝是表兄妹，是我们六个人中最热情的女神崇拜者。

"正因如此，女神的死给了杉村难以想象的精神打击，以致他不愿意继续活下去。我想，促使他那样做的理由可能就是这些，再说，现在也只能这样猜想。

"就这样，杉村成了兑现南志津枝预言的第二个男人，在承担其余五个男人的罪过后永远地走了。警方相信他留下的遗书，结束了岩崎谋杀案的侦查。

"可剩下的我们，立场开始变得微妙起来。纵然杉村为我们承担了罪过，可我们在精神上的痛苦却永远无法消除。七处刀伤，究竟是谁刺中了岩崎的要害部位？说心里话，我们已不再为这个问题担心。

"我们开始明白，我们活着的五个人都必须承担杀死岩崎的罪责。我们每个人的内心都痛苦到了极点。不仅仅当时，说的确切一点，从那天开始一直到二十五年后的今天，我们一直在这一沉重的精神枷锁下生活。

"明智，请你想象一下我们内心的痛苦程度。我们也曾多次想过自首，可都中途放弃了。我们勤奋学习，努力工作，觉得不能因为那个无耻的流氓而毁了自己的一生。

"自首已经没有多大意义，再说杉村已经为我们承担罪责并付出了年轻的生命。退一步说，我们不能无视他的良苦用心，就当那起杀人事件是夜里的一个噩梦，让它从我们的身边从我们的脑海里彻底消失。

"从这个意义上来说，我们应该尽最大的努力创造美好的人生。这就是我们当时没有自首的想法。就是今天，我们还是抱着这样的想法。可杀了人的记忆，无论你怎样努力都不可能轻易地从脑海里消失。

"无论理由如何充分，无论当时情况如何，杀了人那种对'罪'字的意识和烦恼永远不会消除。只有在努力学习和勤奋工作的时候，才能使那种意识和烦恼暂时离开我们的大脑，才能暂时把我们从痛苦中解救出来。

"那以后的二十多年里，我们为洗刷自己的罪过拼命地工作，发誓一定要在事业上有所成就，做一个对社会有用的人，为社会为人类奉献自己……有了明确的目标，有了清醒的认识，使我们重新站了起来。

"在学习和工作上，我们付出了超出常人至少一倍的努力。在各自的道路上，我们迈着坚实的步伐朝前走着。我们中间，有的为社会创造财富，有的得到了社会的认可。

"我们依靠自己勤劳的双手，建造了住房，建立了家庭，生儿育女，严格教育子女。可在我们五个人中间，只有一个人在人生道路上坎坷不平。他就是鹤田正雄。

"在中学时代，他被学校被静冈县誉为秀才学生。可毕业后，家庭环境发生了变化，父母突然离世并留下巨额债务，他们遗留的房产和地产成了债主的财产。

"当时真不凑巧，他还得了一场大病，一下子陷入了走投无路的困境。他没有兄弟，也没有能资助他上学的亲戚。生活上，吃了上顿没下顿。尽管老师和我们大家百般劝说，可他还是做出了停学的决定。

　　"停学后，他以高中肄业的低学历进工厂工作。打那时起，他与我们不再来往。据说，他还流浪过。其间，他不停地调换工厂。

　　"在此期间，他在名古屋与一个女工结婚，还有了一个小孩。这些情况我们也是听说的。可也不知何故，六七年前的一天，他居然疯了，扔下妻儿离家出走，整天酗酒，到处流浪。

　　"他的性格，原本是什么也不信的人。但使他沉沦的直接原因，好像是为小孩出生的事情。由于要给孩子报户口，就得向妻子公开自己的原籍所在地。

　　"那以前，他不仅对别人，就是对妻子也不公开自己的身世。当时，他处在进退两难的境地，似乎觉得一旦说出自己的原籍所在地，就会勾起那段他极不愿回忆的过去。

"凑巧这个时候，他的妻子从他随身携带的包里偶然发现了那些东西，也就是木葫芦、绳索、工作服和手指。我们不知他是怎么弄到手的，也许是偷偷去了西条寺的墓地，从大枫树旁边挖出了那些东西。

"无疑，他的精神变得极其脆弱，以致这些过去了的往事令他无法忍受，最终竟做出错误的选择，结束了自己的一生。

"他把挖出的那些东西贴身携带着，用来威胁我们。他还曾经让我们看那些东西，敲诈我们的钱财。这六七年里，我们给了他数额不小的钱。与其靠自己的劳动所得酗酒度日，不如用恫吓手段从我们手里敲诈钱财来得容易。

"鹤田正雄心理发生了如此可悲的转变，还常以此为乐。临死前，他把从我们这里敲诈的钱，一张张地烧成灰烬。

"被你跟踪到上野公园的男子，就是你看到的那样，神魂颠倒，歇斯底里。他为什么要选择那样的死法？不用说，我们无法用常识判断。但作为直接动机，可能是包里那些用来敲诈钱财的东西被你拿走了。

"你这样做，使他失去了生活上的依靠。而这出其不意的打击，导致他走向极端。或者说，他也觉得应该步杉村的后尘，兑现南志津枝那恐怖的预言……

"在我们中间，最害怕你的是近藤健三。对于中学时代的罪过，他宁愿做出任何牺牲也不愿意公开。一听说那只皮包在你的手里，他竟像个精神失常者一样，害怕你和你手里的皮包。

"近藤健三的这种状态影响了本来就有神经质的女儿近藤礼子，而且他竟然在列车上推你下河，置你于死地。站在我们的立场上分析，只能认为近藤健三父女俩因精神失常以致行为过激。

"就像三田村说的那样，这些发生的怪事，也许是五重塔的诅咒所致吧？她的那种预言，只不过是一种上五重塔自杀的幻觉而已。

"要兑现那种幻觉，一必须使用绳索；二必须自己上去。否则，幻觉也好，预言也好，只能是一句空话。现在回过头来仔细分析一下，我们后悔在中学时代没有管住自己的好奇心，鬼迷心窍地追寻灵魂那种看不见摸不着的东西。追求神秘，我们最终也受到了惩罚。

"明智，我已经把来龙去脉大致对你说了，至于如何处置我们由你决定。为了反省中学时代犯下的罪和错，为保住获得的社会名声和地位，我们一直拼命工作到今天。

"我们这样做，目的是永远隐瞒二十五年前因无知酿成的罪过。由于你的出现，我们无法达到这一目的。由于你的好奇，使我们无法继续封存二十五年前的那段往事。

"好了，就请你按你的想法决定吧！我们四个还活着的小集团的成员，命运都完全掌握在你的手里。不管将来接受什么样的法律制裁，我们不恨你。"

青木昌作终于结束了他对往事的叙述，随后目不转睛地望着明智小五郎。站在他左右侧的大田黑大造和三田村，苍白的脸上布满了万念俱灰的表情，眼睛一眨不眨地注视着明智小五郎的表情。

站在烛光周围的四个人，半响谁也没有说话，犹如四尊直愣愣地站在那儿的雕像。

片刻后，明智小五郎将一直望着天花板的视线移向地面，用似乎什么也没发生过的语气说道："你们中间谁去开一下仓库门，好吗？"

三田村默默地走到门前将门推出一条缝。

明智小五郎径直走到仓库门的跟前停住脚步，转过身背朝着阳光，用极其平静的语气望着他们说道："我的侦探工作到此结束，因为我想知道的谜底已经找到。我对这起事件的好奇心已经得到满足，也已经没有继续侦查的必要了。明天，我将去M银行总行地下保险库取回那只手提旅行包，把里面的那几件东西化为灰烬。

"关于这起事件，我将让它从我的记忆里完全消失。就这样吧，诸位，希望你们好好活着。再见！"

明智小五郎说完，离开了暗无天日的仓库。

　　仓库外面的大地被夕阳染成了火红色，明智小五郎晃动着被映照在地面上的影子，迈着轻快的脚步渐渐远去，远去。

江户川乱步年谱

1894年　出生

本名平井太郎，10月21日出生于三重县名张市，为家中长子。父平井繁男，时任名贺郡官府书记员。母平井菊。

1897年　3岁

因父亲工作调动，举家搬迁至名古屋市。

1901年　7岁

4月，进入名古屋市白川寻常小学就读。

1903年　9岁

《大阪每日新闻》连载菊池幽芳的《秘密中的秘密》，母亲每晚都会念给他听，从此对侦探故事萌生了极大兴趣。

1905年　11岁

4月，进入市立第三高等小学。协助父亲采用胶版誊写版印刷和发行少年杂志。二年级时喜欢上了押川春浪的武侠冒险小说。

1907年　13岁

4月，升入爱知县立第五初级中学。读到黑岩泪香的《岩窟王》，印象特别深刻。

1908年　14岁

其父开设平井商店，主营进口机械的贸易销售，兼营外国保险代理和煤炭销售业务，并采购全套铅字，印刷和发行《中央少年》杂志。秋天，开始在学校附近租借宿舍，独立生活。

1910年　16岁

与要好同学坐船到中国的东北地区旅行。

1912年　18岁

3月，初中毕业。因喜欢出版事业，与同学到处奔走、筹备。6月，其父开设的平井商店破产倒闭。由于失去了学费来源，没有继续上高中。随父亲坐船到朝鲜马山，从事垦荒和测量工作。8月，只身赴东京勤工俭学，以优异成绩考入早稻田大学预备班，白天上学，晚上寄宿在东京都本乡汤岛天神町的云山印刷厂，逢休息日打工。12月，迁到春日町借宿，业余时间靠誊写挣钱。

1913年　19岁

春，与祖母在东京牛込喜久井町生活，重读黑岩泪香等著名作家写的侦探小说。曾计划印刷和发行《少年新闻报》。8月，预备班毕业，考入早稻田大学经济学专业学习。

1914年　20岁

春，与同学创办《白虹》杂志，利用业余时间阅读爱伦·坡、柯南·道尔等英国作家的短篇侦探小说。为了阅读侦探小说，辗转各大图书馆，所做的笔记装订成册，称为《奇谈》。

1915年　21岁

其父回国供职于某保险公司，在牛込与全家一起生活。继续阅读外国侦探小说，并悉心研究"暗号通讯文书"的由来、规则和特点。

1916年　22岁

8月，毕业于早稻田大学经济学专业，入职大阪府贸易商加藤洋行。

1917年　23岁

5月，从加藤洋行辞职，在伊东温泉开始阅读谷崎润一郎的作品《金色之死》，执笔撰写电影评论文章。11月，入职三重县鸟羽造船厂电机部，参与内部杂志《日和》的编辑。

1918年　24岁

4月，其父再赴朝鲜工作。与鸟羽造船厂的同事组织"鸟羽故事会"，在各剧场、小学巡回。冬，在坂手村小学结识村上隆子。

1919年　25岁

辞职到东京。2月，与两个弟弟在东京本乡驹込町经营一家旧书店"三人书房"。7月，在书店二层编辑《东京PACK》杂志。11月，开设中华面馆。同年，与村上隆子成婚。

1920年　26岁

2月，入职东京市政府社会局。10月，关闭旧书店，入职大阪时事新报社，担任记者，经常与井上胜喜谈论侦探小说，开始撰写《两分铜币》。

1921年　27岁

3月，长子平井隆太郎诞生。4月，在东京担任日本工人俱乐部书记。

1922年　28岁

8月，辞职后回到大阪府外守口町的父亲家，与父亲一起生活。9月，《两分铜币》《一张收据》完稿，正式向某杂志社投稿，但未被采用。不久，改投《新青年》杂志，经审定采用。12月，入职大桥律师事务所。

1923年　29岁

4月，《两分铜币》在《新青年》刊载，小酒井不木博士长文推荐。7月，《一张收据》在《新青年》刊载，辞去大桥律师事务所工作，入职大阪每日新闻社广告部。

1924年　30岁

4月，关东大地震，全家迁回大阪。7月，在《新青年》发表《二废人》。10月，在《新青年》发表《双生儿》。11月底，离开大阪每日新闻社，成为职业作家。

1925年　31岁

1月，在《新青年》增刊发表《D坂杀人事件》，名侦探明智小五郎首次登场。到名古屋拜访小酒井不木。之后，到东京拜访森下雨村，结识《新青年》派作家。2月，在《新青年》发表《心理测试》。3月，在《新青年》发表《黑手》。4月，在《新青年》发表《红色房间》，与春日野绿、西田政治、横沟正史等作家发起创建"侦探兴趣协会"。5月，在《新青年》发表《幽灵》。7月，在《新青年》发表《白日梦》《戒指》。8月，在《新青年》增刊发表《天花板上的散步者》。9

月，在《新青年》发表《一人两角》，在《苦乐》发表《人间椅子》；其父逝世。10月，成立"新兴大众文艺作家协会"。

1926年　32岁

发表侦探小说《噩梦塔》（直译名《幽鬼之塔》）等多篇作品。12月，在《朝日新闻》上连载《畸心人》（直译名《侏儒法师》）。

1927年　33岁

3月，停笔，与妻平井隆子开设"宿舍租借有限公司"。不久，独自外出旅行，到日本海沿岸、千叶县沿岸等地；10月，到京都、名古屋等地；11月，与小酒井不木、国枝史郎、长谷川伸和土师清二等人创建大众文艺民间合作组织"耽绮社"。

1928年　34岁

3月，出售早稻田大学附近的宿舍。4月，买下东京户塚町源兵卫一七九号的房屋。同年，发表《丑角师》（直译名《地狱丑角师》）。

1929年　35岁

1月，在《新青年》发表《噩梦》。6月，发表处女随笔《恶魔王》（直译名《恐怖的魔王》）。8月，在《讲谈俱乐部》连载《蜘蛛男》。

1930年　36岁

5月，改造社出版《孤岛之鬼》。7月，在《讲谈俱乐部》连载《魔术师》。9月，在《国王》连载《黄金假面人》。10月，讲谈社出版《蜘蛛男》。

1931年　37岁

5月，平凡社出版《江户川乱步选集》13卷。同年，出版《迷重重》(直译名《钟塔的秘密》)、《暗黑星》和《邪与恶》(直译名《影男》)。

1932年　38岁

3月，停笔，带全家外出旅游，先后到过京都、奈良、近江等地。

1933年　39岁

1月，加入大槻宪二创建的"精神分析研究会"，每月出席例会，并为该会《精神分析杂志》撰稿。4月，长子平井隆太郎升入大阪府立第五初中学校。同年，好友山本直一辞去博物馆工作，担任江户川乱步的助手。12月，在《国王》连载《红蝎子》(直译名《红妖虫》)。

1934年　40岁

发表《恐吓信》(直译名《魔术师》)、《黑天使》和《不归路》(直译名《死亡十字路》)。

1935年　41岁

1月，平凡社陆续出版《江户川乱步杰作选》12卷。6月，春秋社出版《人形豹》。9月，编写《日本侦探小说杰作集》，由春秋社出版，并发表长篇评论文章。

1936年　42岁

1月，在《讲谈俱乐部》连载《绿衣人》；在《少年俱乐部》连载《怪盗二十面相》。5月，春秋社出版评论集《鬼的话》。12月，讲谈社出版《怪盗二十面相》。

1937年　43岁

1月，在《讲谈俱乐部》连载《噩梦塔》(直译名《幽鬼之塔》)，在《少年俱乐部》连载《少年侦探团》。战争爆发后，政府当局对于出版物的审查越来越严格，江户川乱步的所有小说被禁止出版发行，不得不停止撰写侦探小说。为了生活，江户川乱步借用别名为少年儿童撰写探险小说。后来，当局只允许江户川乱步撰写防谍反特小说，在杂志和报纸决定连载前，必须经过外交部、内务部、警视厅和宪兵机构的联合审查，达成一致意见后方可使用江户川乱步的名字刊登。由于公开抗议，被勒令停止写作，结果只写了一部小说。

1938年 44岁

1月，在《少年俱乐部》连载《妖怪博士》。3月，讲坛社出版《少年侦探团》。4月，新潮社出版《噩梦塔》。9月，新潮社出版《江户川乱步选集》10卷。

1939年 45岁

1月，在《讲谈俱乐部》连载《暗黑星》，在《少年俱乐部》连载《蒙面人》。2月，讲谈社出版《妖怪博士》。

1940年 46岁

2月，讲谈社出版《蒙面人》。7月，因心脏不适住院治疗。10月，与同人创立"大政翼赞会"。

1941年 47岁

7月，非凡阁出版《噩梦塔》。12月，任东京池袋丸山町防空会长。

1942年 48岁

任东京池袋北町会副会长，以"小松龙之介"的笔名连载《聪明的太郎》。

1943年 49岁

与著名作家井上良夫书信往来，交流对欧美侦探小说的看法。8月，开始连载科幻小说《伟大的梦》。11月，东京大学文学部在读的长子平井隆太郎被征召入伍，为其举行送别会。

1944年 50岁

出任行政监察随员助手，后在町会领导下开设军需品加工厂生产皮革制品。

1945年 51岁

4月，家属被疏散到福岛，自己则只身留在东京池袋，继续担任町会副会长。6月，因病被疏散到福岛。8月，在病床上听到裕仁天皇宣布无条件投降，平井隆太郎从土浦飞行队退役。11月，举家迁回池袋。

1946年 52岁

6月，倡议成立"侦探小说星期六研讨会"，每月开一次例会。

1947年 53岁

6月，"侦探小说星期六研讨会"更名"侦探作家俱乐部"，被选举为第一届主席。11月，到关西等地演讲，普及和推广侦探小说。没有新作问世，但旧作再版达31部。

1949年 55岁

1月，在《少年》连载《青铜怪人》。6月，再度当选侦探作家俱乐部会长。11月，光文社出版《青铜怪人》。

1950年　56岁

1月，在《少年》连载《虎牙》。3月，在《报知新闻》连载《断崖》，为战后首部短篇侦探小说。12月，光文社出版《虎牙》。

1951年　57岁

1月，在《趣味俱乐部》连载《恐怖的三角馆》，在《少年》连载《透明怪人》。5月，岩谷书店出版评论集《幻影城》。12月，光文社出版《透明怪人》。

1952年　58岁

1月，在《少年》连载《怪盗四十面相》。3月，评论集《幻影城》荣获侦探作家俱乐部授予的"第五届优秀侦探小说勋章"。7月，辞去侦探作家俱乐部会长一职，任名誉会长。12月，光文社出版《怪盗四十面相》。

1953年　59岁

1月，在《少年》连载《宇宙怪人》。12月，光文社出版《宇宙怪人》。

1954年　60岁

1月，在《少年》连载《塔上魔术师》。10月，日本侦探作家俱乐部、东京作家俱乐部和捕物作家俱乐部联合主办"江户川乱步六十大寿庆典"，会上正式设立"江户川乱步奖"。《别册宝石》第四十二期杂志作为

"江户川乱步六十周岁纪念特刊",《侦探俱乐部》十二月号杂志也作为"乱步花甲纪念特刊"。著名作家中岛河太郎编纂和发行《江户川乱步花甲纪念文集》。11月，映阳堂出版《江户川乱步选集》10卷。12月，光文社出版《塔上魔术师》。

1955年 61岁

1月，在《趣味俱乐部》连载《影男》，在《少年》连载《海底魔术师》，在《少年俱乐部》连载《灰色巨人》。5月，举行首届"江户川乱步奖"颁奖仪式。11月，在三重县名张市举行"江户川乱步诞生地"树碑庆贺仪式。12月，光文社出版《海底魔术师》《灰色巨人》。

1956年 62岁

1月，在《少年》上连载《魔法博士》，在《少年俱乐部》上连载《黄金豹》。1月24日，"日本翻译家研究会"成立，出任研究会顾问。2月，出任"日本文艺家协会语言表述问题专业委员会"委员。4月，发表《英文翻译侦探小说短篇集》。8月，接任《宝石》杂志主编。11月，光文社出版《马戏团里的怪人》《魔法玩偶》。

1957年 63岁

1月，在《少年》连载《夜光人》，在《少年俱乐部》连载《奇面城的秘密》，在《少女俱乐部》连载《塔上魔术师》。12月，光文社出版《夜光人》《奇面城的秘密》《塔上魔术师》。

1959年　65岁

1月，在《少年》连载《假面具背后的恐怖王》。11月，桃源社出版《欺诈师与空气男》，光文社出版《假面具背后的恐怖王》。

1960年　66岁

1月，在《少年》连载《带电人M》。4月，出任东都书房《日本侦探推理小说大集成》编辑委员。

1961年　67岁

4月，成为文艺家协会名誉会员。7月，出席"江户川乱步从事侦探小说创作四十周年庆典"，桃源社出版《侦探小说四十年》。10月，桃源社出版《江户川乱步全集》18卷。11月3日，荣获日本政府颁发的"紫绶褒勋章"。

1963年　69岁

1月，"日本侦探作家俱乐部"升格为社团法人"日本推理作家协会"，被一致推选为第一届理事长。8月，再次当选，坚辞不受，亲自提名松本清张接任第二届理事长。

1965年　71岁

7月28日，突发脑出血逝世，戒名智胜院幻城乱步居士。获赠正五位勋三等瑞宝章。8月1日，在青山葬仪所举行日本推理作家协会葬，墓所位于多摩灵园。

译后记

我 1981 年 8 月考入宝钢翻译科从事翻译工作，1982 年初开始从事日本文学翻译，1983 年 2 月首次发表日本文学译作。四十余年来，我一直致力于中日民间文化交流，尤其是翻译了日本推理文学鼻祖江户川乱步的作品全集，由衷地感到欣慰和满足。

《江户川乱步全集》共 46 册，数百万言，历经数个寒暑才翻译完成。回首往事，第一天坐在桌案前写下第一行译文的情景仍历历在目。为了解江户川乱步的创作思想、创作背景和准确把握作品的神韵，除反复阅读其所有小说作品外，我还遍览《侦探推理文学四十年》《乱步公开的隐私》《幻影城主》《奇特的立意》和《海外侦探推理文学作家和作品》等乱步的随笔和评论集。并专程去了坐落在东京丰岛区池袋的江户川乱步故居考察，到日本国家图书馆查阅了有关江户川乱步的许多资料。

为了让更多的人了解江户川乱步，我在《新民晚报》先后发表了《江户川乱步，日本侦探推理文学的先驱》《日本的福尔摩斯》《江户川乱步的起步》《徜徉少年大侦探系列》《徜徉青年大侦探系列》，接受了腾讯视频、东方电视台、《上海翻译家报》、沪江网、日语界以及日本青森电视台、《东粤日报》、《朝日新闻》、《产经新闻》、《中日新闻》的相关采访。

鲁迅说："伟大的成绩和辛勤劳动是成正比的，有一分劳动就有一分收获。日积月累，从少到多，奇迹就可以创造出来。"我历经数年辛劳翻译的这版《江户川乱步全集》，2004年4月被乱步故里日本名张市政府收藏，2020年10月又被日本驻上海总领事馆收藏，并荣获国际亚太地区出版联合会

APPA翻译金奖，其中的"少年侦探团系列"荣获国家新闻出版总署优秀少儿图书三等奖。

江户川乱步可以说是日本推理文学的代名词，江户川乱步奖是推动日本推理文学作家辈出的巨大动力，《江户川乱步全集》是世界侦探推理文学的瑰宝。希望通过这套《江户川乱步全集》，可以让更多的读者共同享受推理文学的乐趣。

2021年元旦于上海虹桥东华美寓所